KB043802

DOUGH MAN

피자에 미친 한 남자, 도우맨

길은 언제나 열려있다

토종피자의 자존심 뿡뜨락피자 대표

명정길 자전 에세이

다트앤

뽕뜨락 피자 대표 명정길 자전 에세이

DOUGH MAN

피자에 미친 한 남자, 도우맨

다트앤

길은 언제나 열려 있다

80년 후반기부터 발전하기 시작한 우리나라의 외식산업은 지난 7년 동안 연평균 6%씩 성장해 갔다. 시장 규모가 80조원을 넘어설 정도로 급부상하면서 외국음식의 하나였던 피자도 꾸준히 그 시장을 넓힐 수 있었다. 따라서 지금은 쉽게 접할 수 있는, 친숙한 음식이 되어 당당히 외식업계의 한 축을 차지하게 된 것이다.

피자의 시장규모는 5년 전에 비해 2배 이상으로 늘어나서 2조원 규모로 성장하고 있다. 피자를 취급하는 개별 음식점 수도 2015년 10월 기준으로 피자 프랜차이즈 업체만도 100여개에 달했고, 피자집은 말 그대로 한 집 건너 있다고 해도 과언이 아닐 정도로 우리 생활에 밀접한 음식이 되었다.

그 많은 피자 프랜차이즈 업체 중에 100개 이상의 매장을 가진 브랜드는 20여 업체이고 300개 이상의 매장을 가진 브랜드는 뽕뜨락을 포함해 10여 개 업체뿐이다. 이 가운데 우리의 뽕뜨락피자가 포함되어있음을 나는 몹시 자랑스럽게 생각한다.

뽕뜨락피자가 이 자리까지 오게 된 세월이 20년이니 그동안 많은 시행착오로 겪은 가슴 아픈 사연들을 어찌 말로 다 표현하겠는가.

하지만 이제는 그 뼈아픈 세월들을 내려놓고 재도약을 준비하고 있는 시점이기 때문에 나는 감히 나의 지난시절 이야기를 풀어 놓고 싶은지도 모르겠다. 한편 그런 이야기들이 그저 손에 가진 것 없는 섬놈이 출세한 이야기로 들릴지도 모른다.

하지만 내 나름대로 젊은 시절 고난과 시련을 통해 경험한 일들을 지금도 많은 젊은이들이 겪고 있다는 사

6

실을 묵도할 수 없는 마음에서 이 글을 썼노라고 말할 수도 있다.

　나의 피자사업 시작이 지하 매장에서 제빵기 하나 놓고 시작했던 구멍가게였다라고 한다면 그들에게 새로운 도약의 기회를 만들어주는 빌미가 되지 않을까 하는 생각에 용기를 낼 수 있게 된 것이다.

　막상 글을 쓰기 시작하면서 새로운 사실을 알게 되었다. 나의 피자사업이 성공하기까지는 정신적 지주인 어머니의 조언이 있었고 아버지의 DNA가 있었고 든든한 사업의 조언자 겸 파트너인 아내가 있었다. 그리고 피자에 대한 사랑으로 뭉친 모든 직원들이 있었기에 가능한 일이었다.

　피자시장의 성장이 우리 뽕뜨락 혼자만의 공은 물론

아니지만 그 성장에 한 부분을 뽕뜨락이 해 냈다는 자부
심만은 감출 수 없다. 또한 개인적으로는 사업에 대한
열정보다는 피자 하나만을 생각하며 키워온 피자사랑에
대한 결실이란 생각이 들어 내놓고 자랑도 하고 싶었음
을 솔직히 털어놓는다.

　일평생을 사랑해온 피자에 대한 나의 이야기와 그 이
야기에 얽힌 세상 이야기를 엮다 보니, 내 출생에서부터
내가 자란 이야기까지 풀어내놓지 않을 수 없게 되었다.
　그렇다고 결코 대단한 이야기는 아니기 때문에 조금은
머쓱한 기분도 든다. 하지만 앞으로 나갈 내 인생의 정
점에서 나를 돌아보는 의미이며 내가 계속 가야할 방향
을 내 스스로 잡아가기 위한 방편이 필요했던 것임도 실
토한다.
　한 가지 더 밝힌다면, 개인적인 소견과 개인적인 사업
방향이 다른 사람에게 무슨 이야깃거리가 되겠느냐고

길은 언제나 열려있다

반문 하는 독자가 있을 수도 있다. 그러나 내가 살아왔던 나의 길이 성실과 근면으로 일으켜 세운 금자탑과 같은 성공담이기에 나는 부끄럽지 않게 담대히 나의 이야기를 들려주고 싶은 것이다.

더불어 지금 보다는 더 나은 내일을 바라보는 이 시대의 젊은이들에게 이 책이 작은 반딧불이라도 되어준다면 하는 소망을 품었기에 한 권의 책으로 엮을 수 있었다.

2016년 3월에
명정길

목차

"**제**가 하는 일이

스트레스라고 생각해 본 적은 없어요.
같이 일하는 사람들 생각해서라도
좋은 메뉴를 만드는게 제 일이죠."

− TV 인터뷰 중

최초의 전단지

만약 그대가 큰 재능의 소유자라면,
근면은 재능을 크게 할 것이다.
- 레이놀즈(영국의 대표적 초상화가)

우리 부부의 통장 잔고는 총 3백만 원이 전부였다. 그 중 아내에게 백만 원을 받아 들고 방산시장에서 제빵 기구를 사다가 한옥집의 문간방을 얻어 사업을 시작했다.

아무 대안도 없이 무조건 피자만 잘 구워서 팔면 된다는 생각뿐이었다. 다행히 장사는 그럭저럭 잘 되었다. 하지만 무허가 업체라는 신고가 들어가 하루아침에 불명예스럽게도 영업정지를 당하고 말았다. 처음에는 분한 생각에 몇몇 근처의 가게들로부터 시기를 받았기 때

15

문이라고 생각하고 그 가게들을 원망했다.

하지만 생각해 보니 내 스스로 사업에 대한 기본이 전혀 안되어 있었던 것이 원인이었음을 깨달았다.

낭패를 당하고 나서야 구멍가게 식으로 문만 열고 장사만 하면 된다는 사고방식이 문제였다는 것을 알았으니 얼마나 그 당시 내가 무모했었는지, 지금도 그때를 떠올리면 부끄러운 생각뿐이다. 괜히 이웃에 적들만 만들고 그들과 얼굴 붉히는 일을 만들고 나니 살맛이 날 리 없었다. 처음 시작하는 마당에 이런저런 경험이 있지도 않았고 그저 빨리 시작해보고 싶은 욕심에 일부터 저질렀으니 실패는 어쩌면 당연한 것이라고 받아들일 수밖에 없었다.

그러나 이번 개업은 내 개인적으로 이미 한 번의 실패를 경험한 후에 시도한 야심 찬 재도전이었기에 실패의 원인을 내 잘못이 아닌 다른 사람들에게만 돌리고 있었던 것이다. 그만큼 아쉬움이 컸던 것으로 기억된다. 막장사가 자리를 잡고 어느 정도 기를 펴려는 순간에 그런 일이 닥치니 더욱 더 실패의 원인을 찾고 싶었고 내 탓이 아닌 남의 탓으로 돌리고 싶었을지도 모르는 일이다. 원인이 어디에 있건 그 일로 겪은 상실감은 이만저만한 것이 아니었다.

하지만 결국 가게 문을 닫고 손을 털어버리고 나서야
어리석고 무모했던 재도전이었음을 인정하게 되었다. 그
렇다고 집에 틀어박힐 수는 없는 일이지 않은가. 당장
먹고 살아야 되는 현실에 또다시 가게를 찾아 나설 수밖
에 없었다. 가진 돈이 적다 보니 마땅한 장소나 상가는
어림도 없는 일이어서 별수 없이 지하라도 괜찮다는 생
각에 양평동 벽산아파트 상가 지하를 계약했다.

정식으로 허가를 내고 장사를 시작한 것까지는 좋았지
만 지하까지 찾아와 줄 손님은 없었다. 또 다시 낭패를
본 기분에 휩싸여 매일 궁리에 궁리를 하다가 착안해 낸
게 배달이었다. 배달 전문 피자, 생각은 그럴 듯 했지만
사실 '지하'와 '배달'은 당시에는 어울리지 않았다. 고가
의 피자를 배달해서 먹을 사람은 없을 것 같았다.

그러나 다른 방법도 없고 그렇다고 또다시 문을 닫을
수도 없었다. 그때 실낱같은 희망이 머리를 스쳤다. 대
부분의 피자집은 레스토랑의 어둠침침한 분위기와는 다
른 새로운 인테리어로 실내가 환히 보일만큼 공간이 시
원하게 확 트여서 남녀노소 구분 없이 누구나 부담 없
이 자리에 앉아 음식을 즐길 수 있는 분위기였다. 특히

피자 한 판으로 온 가족이 한 자리에서 즐겨먹을 수 있는 장점과 정확하게 8쪽으로 나뉘어져 있어서 어린애들을 앞세운 부모들의 입장에선 수고를 줄이면서도 아이들과 함께 같은 음식을 먹을 수 있으니 자연히 피자집을 선호했으리라.

더구나 선물용이나 집에 남아 있는 가족들을 위해서 포장을 주문한 사람들도 있었다. 그렇다면 전혀 가망이 없는 것은 아니라는 생각이 들었다.

생각은 꼬리를 이었다. 넓은 매장을 얻을 자본이 없다보니 어쩔 수 없이 배달을 떠올렸지만, 배달을 전문으로 해 보는 것도 나쁘진 않을 것 같았다. 일단 시작해 보면 알 일이었다. 나는 주먹을 불끈 쥐고 '한 번 해보자! 하면 된다!'고 혼잣말로 외쳤다.

나의 신념은 그 순간 확고했다. 그리고 스스로 생각해도 내 아이디어는 파격적이고 대단하다고 자화자찬했다. 나의 무모한 용기가 또다시 용트림을 하게 된 것이다.

그러나 생각만으로 모든 것이 해결된다면 무엇이 어려울까. 피자를 배달한다고 스피커로 동네방네 소리를 지를 수도 없고 기껏 해야 우리 가게 간판 옆에 배달한다는 한 줄짜리 문구를 써넣은 것이 다였다. 사람들에게 알려야 된다는 조바심이 점점 커지면서 불안해지기 시작했다.

나는 동동걸음을 하다가 지하에서 밖으로 나와 벽산아파트 주변을 돌아다녔다. 아쉬운 대로 아파트 동마다 광고지를 붙이는 일이 떠올랐지만 주민들이나 경비실에서 허락을 받아야 할 것 같았다.

무허가 가게를 운영하다 망하고 보니 무엇이든 누군가에게 허가를 받아야 된다는 생각이 골수에 박혔다. 괜히 긁어 부스럼을 만들고 싶지 않았기 때문이었다. 하긴 광고지만 붙인다고 장사가 잘 된다는 보장도 없을 것 같아서 발길을 돌려 다시 가게로 돌아왔다. 일단 전단지 광고는 마음에서 접고 오직 피자 맛에만 전념을 했다. 피자 기술만은 자부하고 있었기 때문에 맛을 내는 데에만 신경을 썼다.

나의 노력의 대가는 나쁘지 않았다. 맛이 좋다는 말을 손님들로부터 들었고 한 번 찾아온 손님은 꾸준히 찾아와주는 고객 덕분에 그럭저럭 장사는 되는 쪽으로 기울어져 가고 있었다.

하지만 '연중무휴'라는 간판을 걸어도 현충일만은 영업을 하면 안 되는 시절이었다. 법적으로 일 년에 딱 하루,

현충일만은 쉬어야 되는데 바로 그날이 돌아온 것이다.

　당연히 하루 쉬고 다음 날 문을 열었는데 손님이 뚝 끊어졌다. 다음 날은 괜찮겠지 했는데, 거짓말처럼 그날 이후로 손님이 없어서 말 그대로 파리만 날리게 되었다. 당장 입에 풀칠도 어려울 정도로 손님들 발길이 뚝 끊겨서 장사가 안 되니 가게 문을 닫아야 하지만 그럴 수도 없고… 그렇다고 손님을 찾아다닐 수도 없었다. '세 번째의 도전이 또 실패로 끝나는 구나'라고 생각하자 하늘이 노랗고 눈앞은 캄캄해졌다. 그래서 눈을 감자 이번에는 머릿속이 먹먹했다. 아무리 생각을 굴려도 별 대안이 없었다. 문득 아버지께서 들려주시던 속담 하나가 떠올랐다.

– 소나기는 올 것 같고, 똥은 마렵고, 괴타리는 옹치고, 깔짚은 넘어가고, 소는 도망친다. –

　여러 어려운 상황들이 한꺼번에 몰려온 형국을 해학적으로 표현한 말이다. 아버지께서는 일이 꼬여서 잘 안 풀릴때면 곧장 이런 속담을 들려주시면서 웃으셨다.

　"너는 무슨 말인지 모를 거다. 나중에 어른이 되어 골머리가 아플 때 내 말이 생각 날 거다."

아버지의 선견지명은 대단하셨다. 머리가 박살이 날 것 같을 때, 신기하게도 아버지가 즐겨 쓰시던 그 속담이 떠올랐다. 아버지의 심정이 이해될 것 같았다. 촌에서 섬으로 들어가실 때의 심정이 그러했으리라. 지금 생각해 보면 그때의 아버지 심정이 지금의 내 심정과 다르지 않았으리라는 생각이 들었다.

"넌 소꼴을 베어 보지 못했으니 내가 한 말이 무슨 말인지도 모를 거다. 여러 어려운 상황들이 한꺼번에 몰려온 형국일 때, 시골에선 이런 속담을 쓴다. 약간은 해학적 표현이기도 해서 공감을 느끼지 못하는 사람은 웃고 말지만, 소꼴을 베어 본 사람이라면 가슴이 답답할 때 쓰는 말임을 금방 안다."

나는 눈을 번쩍 뜨고 아버지를 불렀다.

"아버지, 이럴 땐 어찌해야 합니까?"

아버지의 대답이 있을 리 만무다. 하지만 내 머릿속을 스치고 간 한 줄기 빛이 있었다. 형님 얼굴이 떠올랐다.

아버지 대신 형님을 만나보면 무슨 방도가 있을 것 같았다. 나는 당장 청주로 내려가 형님을 만났다. 형님은 새로운 홍보방법을 찾아야 된다는 내 말에 고개를 끄덕끄덕하시며 수긍하셨다. 그리고 광고지를 만들어보라고

21

했다.

서울로 돌아온 다음 날, 청주에서 연락이 왔다. 형님이 다니는 인쇄소에서 광고지를 인쇄해서 보냈다는 것이다. 그날 오후 앞면만 인쇄된 광고지 1만6천장이 가게로 배달되어 왔다.

나는 즐겁기보다 한숨부터 나왔다. 한쪽 구석에 쌓여 있는 광고지 박스들을 보면서 어처구니가 없었다. 이 많은 광고지들을 어떻게, 어디다 뿌려야 할지, 어떻게 사용해야 효과적일지 등등 고민에 쌓여 있다가 자리에서 벌떡 일어났다.

무조건 나가서 동네를 한 바퀴 돌아보고 왔다. 일단은 피자를 사 먹는 소비자들의 생활 패턴을 관찰해 보는 일이 급선무 같았다. 이른 새벽부터 아는 사람들을 만나 그들의 생활패턴을 분석하던 중에 우연히 요구르트 아줌마를 만났다. 그리고 그 아줌마를 뒤쫓았다. 내 생각대로 그녀는 아파트를 다니며 각 아파트 가정마다 현관문 출입구에 달린 우유 투입구로 요구르트를 넣고 있었다. 나는 재빨리 가게로 돌아와 광고지를 들고나갔다.

아파트를 돌며 가정마다 매달려 있는 우유 투입구에 나도 광고지를 넣기 시작했다. 이 방법은 며칠 가지 않아 금방 효과가 나타났다. 전화주문이 계속 늘어나면서 매출이 늘기 시작한 것이다.

광고지로 효과를 보자 다른 방법도 모색하게 되었다. 우유 투입구로 넣을 경우 광고지가 바닥에 떨어지게 되어 한눈에 잘 안 들어올 수도 있겠다는 생각이 들어 이번에는 집에 들어갈 때 반드시 쳐다보게 되는 초인종과 출입문 손잡이에 광고지를 붙이기 시작했다. 역시 효과는 몇 배로 늘어났다. 아마 붙이는 전단지 광고는 피자 업계가, 아니 내가 최초로 시작했을 것이라고 믿는다.

그러나 붙이는 광고가 성과는 높았지만 또 다른 부작용도 있었다. 지저분하다는 말도 들리고 누구 허락을 받고 광고지를 붙이느냐 등 항의 전화까지 심심치 않게 왔다. 그런데 그 전화가 싫지 않고 기쁘게 들렸다. 그들의 전화는 내가 붙인 광고지를 본다는 증거였기 때문이다.

나는 좀 더 적극적인 방법을 찾아보고 싶었다. 비난을 피하는 방법을 찾고 또 그것을 발상의 전환으로 삼아 효율성을 높이고 싶었다. 비난 때문에 광고의 진화를 모색하게 된 것이다.

아파트의 고객층을 시간대별로 관찰했다. 피자를 좋아하는 아이들이 학교에서 돌아오는 시간대와 저녁 시간대에 붙이는 것이 광고 효과가 가장 큰 것으로 파악되어 그 시간대에 집중적으로 광고를 부착했다.

그렇게 하다 보니 또 문제가 생겼다. 문고리와 초인종에 광고를 부착했던 것이 민원이 들어가 청소원들이 광고지를 떼어내는 것이었다. 그래서 청소원들이 활동하지 않는 주말과 일요일을 알아내어 주말 아침에 광고지를 붙이기도 했다.

붙이는 광고가 효과를 보자 입소문을 타기 시작했고 우리 매장에서 일을 하던 아르바이트 학생들이 이직을 하면서 타 업체에 광고방법을 알려줘 너도나도 붙이는 광고를 따라하는 현상이 벌어지기도 했다.

피자를 맛있게 만드는 기술이 적절한 광고를 만났을 때 그 시너지 효과는 가히 폭발적이었다.

피자 매출이 늘어나자 배달 직원들을 많이 써야 했다. 대부분이 아르바이트생들이었는데 그들 중 대다수는 어려운 환경의 미성년자들이었다.

적은 임금으로 쓸 수는 있었으나 아르바이트생들은 상대적으로 이직률도 심해 이직하면서 광고방법이 동종업계나 타 업종에까지 노출되기 시작했다. 그때마다 새로운 아이디어로 광고의 방법을 진화해 나갔다.

장사는 날로 번창하기 시작했다. 호사다마(好事多魔)라고 끝까지 좋을 수만은 없다는 것을 그때에 비로소 깨달았던, 내 인생에서 다시는 만나고 싶지 않은 사건이 생겼다.

배달은 오토바이가 필수이다 보니 오토바이를 타는 배달원이 필요했고 그 배달원을 구하기도 쉽지가 않았다. 그래서 생판 모르는 사람을 쓰기 보다는 인맥을 통해 사람을 소개받는 경우가 많다. 우선은 믿을 수 있는 사람이고, 오토바이도 잘 타야 한다. 손님의 재촉이 있으면 달리지 않을 수 없는 배달업의 속성 때문에 늘 불안하면서도 배달을 내보낼 때마다 빨리 다녀오라는 말이 저절로 나와 오토바이를 내몰 듯 재촉을 하게 된다.

자동차와는 달리 오토바이에 대한 보험법상 종합보험의 적용이 안 되던 시절이었다. 2005년에 들어서야 비로소 법이 개정되어 종합보험이 시

당시 주방에서 일하던 모습

행되었지만 자잘한 단순 사건에서 사망에 이르는 대형 사고에 이르기까지 배달사고의 여파는 경영을 흔들 만큼 물적 심적 부담이 컸다.

그런 사실을 알면서도 배달사고에 대한 대비책 없이 배달업을 했으니 어쩌면 불을 보고도 불 속에 뛰어든 꼴이 되고 말았으니… 사고가 난 후에야 후회를 하고 통탄을 했다. 또 한 번의 무모한 짓으로 이번에는 가게만 접는 것이 아니고 그동안 쌓았던 노력의 결과물들을 고스란히 내줘야 했다.

사고가 있던 날을 돌아보면 나의 경솔함이 문제였다는 걸 알 수 있었다. 평소 안면이 있다는 이유만으로 배달원을 덜컥 채용했던 것을 뒤늦게 후회한들 무슨 소용이 있겠는가.

오토바이에 정신이 나가 있는 고등학생 아들에게 어쩔 수없이 오토바이를 사준 부모는 마음이 놓이질 않았는지 아들을 잡아두기 위해 피자집에 데리고 왔다. 평소 안면이 있는 사이라 아들을 맡아 달라는 부모의 말에 마침 배달원도 필요해서 알바로 고용했다. 그런데 그 학생이 배달 도중 사고로 사망을 하고 만 것이다.

책임보험만으론 합의가 이뤄지지 않아 도의적인 책임으로 재산의 절반을 합의금으로 내주었다. 사업의 근간이 흔들릴 만큼의 타격도 입고 학생의 사망으로 충격을 받은 나는 배달업에 대한 회의로 그만 양평동 피자집을 접게 되었다.

1999년은 내 인생에서 가장 힘든 고비였다. 꿈에서도 상상하지 못할 참사가 내 앞을 가로막을 줄은 몰랐다. 그렇게 끔찍한 일이 나를 기다리고 있었던 것을 짐작이나 했겠는가. 나는 절망의 나락에서 오랜 침묵 속에 잠겼다. 그리고 다시 깨어났다. 내가 존재하는 이상 인생의 가시밭길 역시 존재한다는 사실을 깨달았던 것이다.

어쩌면 내가 살아 있는 한 내 인생의 여정은 내 것이 아닐 수도 있다는 생각을 했다. 그렇다고 내던질 수는 없었다. 나 혼자 살아가는 것도 아니고 나는 이미 한 여자를 책임져야 하고 머지않아 내 자식도 부양해야 한다는 현실 앞에 눈을 뜬 것이다.

눈을 뜨고 다시 세상을 둘러봤지만 막막할 뿐이었다. 불현듯 눈앞에 어머니의 얼굴이 떠올랐다. 어머니는 나를 측은하게 보고 있는 것 같았다. 갑자기 어머니가 보고 싶고 뼛속까지 사무치는 그리움에 가슴이 쓰리듯 아렸다.

어머니란 그처럼 절박할 때에나 찾아뵙는 분인 줄을 예전엔 미처 몰랐었다. 어머니를 뵈러 가는 열차 안에서 '불효자는 웁니다'라는 노래 가사가 떠올라 불효자가 따로 없다는 생각을 하면서 눈시울을 적셨다.

시작은 좋았지만

내 비장의 보물은 아직 수중에 있다.
그것은 희망이다.
— 나폴레옹

배달사고의 충격으로 폐업을 하고 무조건 청주에 계신 어머니 곁에서 한동안 지냈다. 이런저런 사업을 구상하던 중에 형님을 만났다. 당시 형님은 피자배달업을 나보다 먼저 하고 계셨던 터였다. 그런 형님과 나는 의기투합하여 다시 피자 배달 전문점을 하기로 했다. 그렇게 시작한 피자가게 이름이 바로 'M 피자'였다.

사고 합의금으로 전 재산의 절반을 내어주고 내게 남은 돈이 별로 없던 상황이라 자본은 형이 대고 기술은 내가 대는 형식으로 동업을 시작했다.

29

장사는 시작부터 꽤 성황을 이루었다. 판매가 잘 된다는 것은 알고 있었지만 그 원인이 나의 기술이었다는 것을 1년 후에야 알게 되었다. 그 기술이 입소문을 타자 가까운 친인척들이 피자 기술을 전수해 달라고 요청을 해오기 시작했다. 그래서 'M 피자'의 프랜차이즈를 시작하게 되었고, 형님이 가게를 따로 내서 'M 피자' 1호점이 탄생 되었던 것이다.

당시 M 피자 전단지

형님과 나의 피자 장사가 잘 되는 걸 본 형님의 친구 '민규'라는 분이 2호점을 목동에서 개점하게 됐다. 하지만 2호점은 개업 9개월 만에 폐업하고 만다.

30대 초반의 미혼 남자 셋이 동업 형식으로 운영하는 가게가 잘될 리가 없었다. 경영능력 부족이 문제가 될 수도 있었지만 그 보다는 버는 것 보다 쓰는 게 더 많았던 것 같다. 남자들의 씀씀이가 크고 꼼꼼하지 못하다 보니 내실이 없었던 것이 폐업의 가장 큰 요인이었다.

3호점은 당시 20대 중반이었던 유학파 처조카가 열었는데 유학 도중 학업을 포기하고 돌아와 같은 유학파로 요식업에 종사하고 있던 남자친구와 같이 시작하게 되었다.

그들은 해외에서 각종 요식업에 대한 공부를 하고 사업을 하려 했지만 자본이 많지 않아 거의 포기를 하고 있던 중이라고 했다. 그러던 중 한국에서는 유독 배달문화가 발달한 점, 즉 '맛을 집까지 배달한다'는 것에 매력을 느꼈고, M 피자의 초기 투자 자본도 소자본이라 부담이 적었던 것이 시작하게 된 결정적인 계기였다고 했다.

젊은 친구 둘이 남다른 포부와 계획을 설명하는데 열정적이고 야심차 보였다. 2호점을 실패한 후였기에 3호점은 신경이 쓰이던 중이었다. 그들과 미팅을 하고 난 후 나는 기분이 좋았다. 우선 젊음과 자신감이 마음에 들어 기쁜 마음으로 기대를 걸고 3호점을 내주게 되었다.

31

두 유학파의 3호점은 내 기대에 부응했다. 둘이 피자에 관심을 가지고 연구를 해나갔는데, 유학 중에 이미 유럽의 피자 맛을 알고 있었다는 게 큰 장점이었다. 그들은 업주 입장에서 요리에 대한 구체적 관심을 맛에 두고 있었기 때문에 그들의 성공은 당연한 것이었다.

4호점은 이모부님의 가게가 되었다. 풀무원을 다니시다 퇴직하시고 용산에서 잠시 IT사업을 하시다 폐업을 하게 되었다. 조카가 하는 피자 사업이 잘된다는 소문을 듣고 프랜차이즈 4호점을 신청하셨던 것이다.

지금은 뽕뜨락의 이사로 계시지만 4호점의 점주로 출발을 하신 이모부 역시 사업에 대한 열정과 치즈 같은 재료에 관심을 보이면서 맛에 대한 연구를 게을리 하지 않았기 때문에 성공한 케이스였다.

주변의 친인척들이 시작한 가게가 점차 소문이 날 정도로 잘되자 여기저기서 먼 친척들까지 프랜차이즈 요청이 들어와 친인척 가맹점 수만도 10여 군데가 넘어갔다. 10개의 가맹점이 대체로 잘 나간다는 소문에 가맹점은 금방 20개를 넘어섰다. 그러나 가맹점 수가 늘어나면 늘어난 만큼 가맹점 관리가 힘들어졌다.

그 시점에서 프랜차이즈 사업이 흥하느냐 망하느냐의 기로가 될 수도 있겠다는 위기의식이 찾아왔고 체계적인

길은 언제나 열려있다

관리가 절실히 필요했다.

가맹점이 늘어나고 규모도 커지면서 체인점 간의 피자 맛의 표준화, 계량화 작업이 우선 시급했다. 그러기 위한 인력관리도 전문적으로 필요해져 정식으로 사무실을 마련해서 직원을 채용했다.

그 당시 관리자로 채용한 직원이 한 명 있었는데 아주 능률적이고 판단력이 뛰어나 좋은 성과를 가져다준 김동원이란 직원이었다. 그는 직원들 관리도 뛰어나 동종업계 월급 이상의 높은 급여를 주고 있었던 직원이지만 그만큼 급여에 대한 부담이 컸던 것도 사실이었다.

사람은 욕심나는데 급여가 무리라는 생각으로 마음에 갈등을 겪고 있었다. 마침 그 친구가 군대를 간다고 입대를 하는 바람에 내 마음의 갈등은 저절로 쉽게 풀린 것 같았다.

하지만 그 친구를 제대 후 다시 채용하지 못한 점은 내내 후회가 될 정도로 아까운 인재였다. 하긴 그 친구가 군대에 가 있는 동안 피자시장은 엄청나게 커졌다. 따라서 경쟁도 크게 늘어나 소위 '피자춘추전국시대'를 방불케 하는 상황이었다.

한 직원의 고액연봉이 큰 부담이 되던 시절이 지금

은 과거가 되어 추억 속에 자리를 잡고 있다. 이제는 이렇게 마음 편히 말 할 수 있지만 그때는 정말 그 친구를 놓치고 싶지 않으면서도 포기를 해야 하는 심적 고충이 이만저만 큰 게 아니었다. 그렇기 때문에 지금까지 마음에 남아 있었던 것이리라.

나날이 확장해 갈 것만 같던 사업은 한 순간 또다시 시련을 겪게 된다. 그 사건을 겪으며 삶은 뱀 길을 걷는 것과 같다고 생각을 하게 되었다. 뱀 길을 따라 구불구불한 능선을 지나 끄트머리에 닿을 즈음엔 뱀은 똬리를 틀고 있다가 순간 아가리로 역공을 시작한다. 사업이 딱 그런 것 같았다. 나는 또 역공을 당한 것이라는 생각밖에는 다른 생각을 할 수가 없었다.

2005년도에 사무실로 걸려온 불시의 전화 한 통, 금요일 저녁이었다.
"월요일 9시에 사무실로 세무감사를 나갈 예정이니 자료를 준비해 놓으시오."
한 밤 중에 걸려온 전화 한 통이 뱀의 아가리일 줄 누가 알았겠는가. 생각지도 못한 전화에 눈앞이 캄캄해 졌으나 피할 도리가 없었다. 감추고 조작하고 싶은 마음도 없었다. 하려고 해도 시간적인 여유도 없던 터라 마음을 비우고 거짓 없는 조사를 받았고 그 피해는 컸다.

한 달 동안 이어진 내사가 끝나고 세무서에 불려가 추궁을 받던 중에 화가 치밀었다.

"당신들이 언제 세금 내는 것에 대해서 우리들에게 교육시킨 적 있어요?"

나는 화가 치미는 것을 참다못해 버럭 소리를 질렀다. 그 당시는 정말 억울했다. 세무에 관한 상식이 전혀 없었던 나는 사업이라고 벌려놓기만 했던 것이다. 결국 내 무지와 무모함이 또 한 차례 내 발목을 잡은 것이었다.

"내 기술로 가맹점들에게 돈을 벌게 해줬는데 그 세금을 왜 내가 내야 해?"

분통이 터져서 더 큰소리로 항변을 했다. 조사관이 나를 물끄러미 바라보더니 펜을 놓고 나에게 물었다.

"세무 기장을 맡아서 하는 곳이 있습니까?"

그의 뜬금없는 물음에 나는 머리를 얼른 굴렸다. 없다고 하면 왜 그런 것도 없냐고 따지고 들면 또 다른 허물이 나올지도 모른다는 생각이 들었다.

"있습니다!"

조사관은 콧방귀를 뀌는 듯 샐쭉하니 입을 다물었다. 나중에 알고 보니 세무에 대한 나의 무지를 딱하게 여긴 세무조사관이 도움을 주고자 물어본 것이었다. 그때 "없다"라고 대답을 했다면 특례를 적용해 조금이라도 혜택을 받을 수 있었을 것이라는 말을 듣고는 얼마나 후회를 했는지 모른다.

평소 거짓말이라고는 할 줄도 모르고 지금껏 거짓말을 할 필요도 없었기 때문에 거짓말을 해 본 일이 없다. 그런데 난데없이 그 위기의 자리에서 내 거짓말이 내 발목을 잡았다니 어처구니가 없었다. 호랑이한테 물려가도 정신만 차리면 산다는 말이 나 같은 사람에게 필요한 것 같았다. 조사원이 무슨 말을 하는지 정확히 들었어야 했고, 무슨 말인지 모르면 바른대로 대답만 했으면 되는 것을 무슨 말인지도 모르면서 그 순간 머리를 굴렸다는 자신이 너무 싫었고 화가 났다.

조사받으러 갈 때 이미 마음 비우고 간 자리가 아니었던가. 나도 어쩔 수 없는 인간이다 보니 잔머리 굴리는 게 당연했으리라. 그래서 인생이란 어차피 후회의 연속이란 말이 있지 않은가.

길은 언제나 열려있다

돈 버는 것만 알았지 부가적인 일 처리에 무지했던 장사방식이 그런 구멍을 만들어 내었던 것이다. 그 일로 사업이 잘 되면 시기하는 사람도 생겨나기 마련이란 것을 다시 한 번 느끼게 됐다. 회사에 불만을 품고 있었던 직원 한 명이 회사 세무와 관련된 기밀을 50~60여 군데의 점주들에게 알려줬고 점주들이 합심해 세무서에 본사를 고발을 했던 것이다.

세무조사로 많은 상처를 입었던 나는 그 아픔을 견딜수가 없어서 죽고 싶었다.

차라리 죽는 게 낫겠다는 생각에서 오랫동안 벗어날수가 없었다. 오죽했으면 죽었을까, 하는 말이 그냥 저절로 생겨난 말은 아니라는 것도 그때 깨달았지만 내 절망 앞에서는 아무 위로가 될 수 없었다.

우연한 만남

희망과 실제 사이의 갈등이 없는 인생이
무슨 의미가 있으랴.
— 도교 잠언

　세무조사의 충격으로 휘청거린 나는 당시 다시 뭔가를
시작해 보고 싶은 생각이 없었다. 아니, 다시 시작한다
는 생각만 해도 두려움이 앞섰다. 그 두려움 속에는 똬
리를 튼 뱀의 혀가 날름거리고 있었다. 나는 차츰 움츠
리고 뒷걸음치고 주저앉았다.

　그러던 어느 날, 동네 산책길에서 발을 헛디뎠는지 나
무 등걸을 의지하고 옆으로 쓰러지듯 앉아있는 등산복차
림의 중년남자를 보았고 나는 그를 부축해 일으켰다.

"고맙소, 돌부리에 넘어졌는데 일어날 수가 없다니, 이게 말이나 되는 소리요?"

그는 혼잣말처럼 투덜거리더니 나를 보고 웃었다.

"형씨 아니었으면 밤새껏 이대로 주저앉을 수밖에 없었을 것 같았는데, 그 생각이 채 5분도 가지 않아 바뀌었소. 역시 인간은 믿을 수 있는 동물이요. 하하하…."

그는 호탕하게 웃으며 고맙다는 인사를 하더니 또 한바탕 웃었다.

"돌부리에 걸려 넘어졌는데 정말 아찔했소. 겨우 정신은 차렸지만 발이 꼬여서 일어설 수가 없었소. 그런데 지나가는 사람들이 그렇게 무심할 수가 없더란 말입니다. 아무도 거들 떠 보는 사람이 없어서 낙담을 하고 있는 차에 형씨가 와서 손을 내미는데, 세상에 그렇게 반가울 수가 없었소. 정말 고맙소."

그는 발목이 인대가 늘어난 것 같다고 택시 타는 곳까지만 부축해 달라고 했다. 그는 내 부축을 받아 걸으면서 또 한바탕 웃었다.

"형씨. 인생이 말이요 억지로는 안 되는 것 같소. 내가 아무리 힘을 써보려 해도 이렇게 다리가 말을 안 들으니 이제 산행은 끝인 것 같소."

그는 10여 년을 한 번도 거르지 않고 주말에는 산에 올랐다고 했다. 최근에 혈압이 높아져서 의사도 말렸고 집에서도 산행을 그만두라고 만류했지만 그깟 혈압이야 약 먹으면 된다고 고집 부렸는데 이렇게 다리를 절고 들어가면 가족들이 얼마나 좋아하겠냐면서 또 웃었다.

"하지만 말이요 나이 50에 명퇴를 당하고, 퇴직금으로 분식점을 하나 냈는데 그만 거덜내버렸지 뭐요. 돈도 없고 취직자리도 없으니 갈 곳이라고는 산 뿐이었소. 그곳에 가면 동병상련이라고 나 같은 사람들이 많아서 서로가 말이 통하지. 그래서 답답할 때는 산을 찾아갑니다. 나 같은 사람을 반겨주는 곳은 산밖에 없어요. 그런데 그곳마저 가지 말라고 내 발을 걷어차 버리니 나란 놈은 아무래도 전생에 죄를 그렇게 많이 지은 것 같아요. 이것마저 못하게 만든 게 하늘인지 땅인지, 누군가 내 발을 붙들고 늘어지니 이젠 죽치고 방구석이나 지키란 말인지…."

그가 갑자기 내 어깨에 머리를 기대고 흐느꼈다. 나는 황당하면서도 그가 불쌍했다. 내 코가 석자라는 말도 못하고 그의 등을 두드렸다. 아니, 토닥거리며 중얼거렸다.

"인생이 다 그런 겁니다. 그래도 살아야지요. 살다 보면 또 웃을 날이 왜 없겠습니까? 산이야 인대 늘어난 거다 낫고 나서 다시 가시면 되는 건데, 울기는 왜 웁니까? 선생님이 그렇게 우니까 나도 울고 싶어지잖아요…."

말하다 말고 나도 울음을 참지 못해 흐느꼈다. 이번에는 그가 나를 위로했다.

"참나, 젊은 사람이 왜 이래? 뭐가 문제야? 난 당신 나이라면 천하도 업겠다. 뚝!"

우리는 동시에 웃음을 터뜨렸다. 그를 택시에 태워주고 돌아서는데 내 기분이 날아갈 듯 가벼웠다. 괜히 기분도 좋았다. 내가 한 일은 겨우 손 한 번 내밀어 주고 부축해 준 것 밖에 없는데… 역시 삶이란 별 게 아니란 생각이 들었다. 나는 그 길로 걸음이 빨라졌다. 뭔가 새로운 정기가 온몸에 느껴지는 것 같아 달렸다. 뒤는 돌아보지 말자, 지나간 것은 과거일 뿐이다. 잊어야 산다. 그래, 다시 한 번 시작해 보는 것이다.

나는 뜻하지 않게 만났던 길에서 만난 낯선 남자로부터 삶의 지혜를 터득했다. 우리의 삶이란 결국 혼자 사는 것이 아님을 깨닫게 해준 그 분은 나에게 새로운 길을 열어주었다.

길은 언제나 열려있다

뽕나무의 변신

성공에는 아무 트릭도 없다.
나는 나에게 주어진 일에 최선을 다했을 뿐이다
- 카네기 (미국의 철강왕)

세무조사 후 신정동으로 이사를 하고 그때부터 다른 것보다는 피자의 재료 자체에 관심을 갖게 됐다. '체인점을 어떻게 더 늘릴까, 어떻게 피자를 더 팔까'라는 관점이 아닌 '어떻게 더 맛있는 피자, 몸에 좋은 피자를 만들까?'라고 관점을 달리하기 시작했던 것이다.

그런 생각을 갖게 된 이유는 한때는 잘 나갔던 프랜차이즈 업체가 새로운 신흥업체에 밀려나는 과정을 보면서 든 직관적인 판단에서였다. 한때 제과 제빵업계 대표업체였던 크라운베이커리가 망한 원인과 그 빈자리를 파리바게트가치고 들어와 성공한 요인을 분석해 보았다.

우선 두 업체의 매장을 직접 방문해 이런 저런 요소들을 비교 분석해 보았다. 그 결과 밀가루에만 의존하던 크라운베이커리와는 달리 파리바게뜨는 호밀을 재료로 사용하고 있었다는 점을 알 수 있었다. 그 당시 건강에 대한 관심이 많아지는 세태의 흐름을 먼저 파악한 파리바게트가 그것을 빠르게 시장에 반영, 선점한 것이 성공의 원인이라는 생각을 하게 되어 벤치마킹하기 시작했다. 해바라기 씨에 아마 씨를 섞어서 웰빙식으로 만든 최초의 잡곡피자는 이런 과정을 통해서 탄생하게 되었다.

'뽕뜨락'이란 말은 순수한 우리말이다. 뽕은 '뽕나무'를, 뜨락은 '뜰'이라는 뜻으로 이 브랜드명은 아내와 함께 머리를 맞대고 연구해서 지은 이름이다.

뽕나무에 대한 관심이 처음 생긴 것은 세무조사를 받고 난 후 의기소침해진 마음도 다스리고 머리도 식힐 겸 해서 양평 나들이를 갔을 때의 일이다. 마침 지자체에서 뽕나무를 대규모로 육성하는 광경을 목격했는데 굉장히 인상적이었다.

길은 언제나 열려있다

그곳에서 뽕나무가 인체에 좋다는 말을 들었기 때문에
피자집을 다시 개업하면서 뽕에 대해 더 많은 연구를 하
게 됐다.

뽕나무는 나뭇잎에서부터 열매, 뿌리까지 버릴 것이
없는 식물로 인체에 유익한 성분이 많다. 뽕을 이용하면
건강에도 좋은 피자를 만들 수 있겠다는 생각이 들어 실
행에 옮겼다. 전에도 한 때 클로렐라가 유행하던 시절
클로렐라를 넣은 피자를 판매했던 시절도 있었다. 하지
만 그때 반응은 시원치가 않았다.

뽕은 느끼하지 않고 담백한
맛이 장점이었다. 하지만 약간
쓴 맛이 있어서 피자의 주 고
객층이라고 할 수 있는 어린이
들이 좋아하지 않을 것 같았다.
그렇다면 시장성도 떨어질 게
뻔했다. 그래서 뽕의 쓴 맛을
제거하는 것을 집중적으로 연
구를 했다. 하지만 완전한 성
공은 거둘 수가 없어서 약간의
쓴 맛에 대한 여론조사를 실행

뽕잎과 잡곡도우를 광고한 뽕뜨락 초기의 전단지

해 봤다.

뽕잎을 넣은 도우를 사용한 피자를 만들어 1,000명을 대상으로 설문을 해보니 10명 정도가 부정적 반응을 보였다. 퍼센트로 보자면 1퍼센트였지만 그 1퍼센트 정도를 그냥 외면하지 않고 100% 만족시키기 위한 노력, 쓴맛을 줄이는 방법을 계속 연구했다.

더 나아가 잡곡을 넣은 도우를 만들고 뽕을 우려낸 물로 피클을 담가 타 업체에서는 생각하지 못한 새로운 피자를 탄생시켰다. 쓴 맛을 제거해 탄생한 뽕잎 피자를 처음 출시했을 때는 소비자들의 관심은 없었다. 하지만 생활수준이 높아지며 삶의 질에 대한 관심과 늘어나면서 웰빙 붐이 일기 시작했다.

또한 뽕이 당뇨에 특효라는 효능이 알려지면서 점차 매출이 늘어났고, 뽕뜨락은 피자가게의 중심에 자리매김하기 시작했다. 때 마침 한 방송에서 '뽕은 인체에 해가 없는 식품으로써 잎에서 뿌리까지 하나도 버릴 것이 없는 아주 유익한 식품'이라는 건강상식이 방송되면서 우리의 뽕뜨락 피자의 판매 신장에 한 몫을 하게 된 것이다.

내가 생각하는 뽕잎피자의 '5덕'이란 것이 있다.

1. 고온에 구워 식중독 위험이 없다.

길은 언제나 열려있다

2. 밥과 같은 주식이 된다.

3. 뽕의 효능으로 당뇨의 위험이 줄어든다.

4. 기름에 튀기지 않기 때문에 비만 걱정이 없다.

5. 주재료인 치즈로 인해 골다공증 예방과 어린이의
   성장발달에 좋다.

몸에 좋은 5가지가 내가 만든 뽕잎피자의 '5덕'이다. 나는 피자를 우리 국민의 건강식으로 만들고 싶기 때문에 늘 재료에 관심을 가지고 연구를 한다. 이런 나의 노력은 내 스스로에게 자부심을 안겨 주기도 한다.

뽕잎을 넣은 피자를 만들어 낼 때만 해도 '뽕뜨락'이라는 브랜드를 생각해 내지는 못했다. 주재료가 뽕이라는 것은 정해졌지만 그것을 효과적으로 알릴 브랜드가 없었기 때문에 브랜드 명을 어떻게 지을까에 대한 고심을 하게 되었다. 처음 몸에 좋은 음식을 만들자 하고 웰빙 음식사업을 구상했을 때 풀무원을 롤 모델로 생각했다. 사업의 방향성과 기업 이미지, 사회공헌에 관한 미래 가치관이 브랜드 이름에 들어있어야 될 것 같아 신중을 기하고 고심을 했다. 그야말로 심혈을 기울이며 생각을 거듭하던 중에 그런 내 모습을 본 아는 사장님이 한 마디 조언을 해 주었다.

"흔한 이름보다는 각인이 될 수 있는 이름이 좋아"

나는 그 말에 힌트를 얻었다. 특별하고 독특한 이름을 지어야겠다는 생각이 들었다. 아내와 같이 며칠을 고심하다 보니 여러 가지 이름들이 나왔다. 그 중에서 아내와 나, 두 사람 똑같이 의견일치가 된 이름이 탄생됐다. 그 이름이 바로 '뽕뜨락'이었다.

창업박람회를 통해 다섯 차례나 설문조사를 했다. '촌스럽다'라는 반응과 '고급스럽다'는 양극의 반응이 동시에 나왔다.

뽕뜨락이란 이름에서 바로 연상되는 뽕에 대한 이미지는 좋으나 어쩐지 촌스럽다는 평과 발음상 붙어 같은 느낌이 들어 고급스럽다는 쪽의 평이 골고루 나온 것이다.

우리는 긍정적인 해석을 믿고 밀고 나가기로 했다. 그렇게 직관적으로 만든 브랜드 명을 고수하며 지금까지 뽕뜨락 피자의 스토리를 만들어 나가게 된 것이다.

브랜드 명을 만들고 바로 런칭을 하진 않았다. 그 당시에는 같은 업종으로 두 가지 사업을 동시에 할 수가 없었다. M 피자에서 시범적으로 뽕 피자를 판매하다가 2009년도에 M 피자를 매각하고 정식으로 '뽕뜨락'이라는 브랜드로 출범했다.

2009년도에 시작해서 2011년까지 빠르게 가맹점도 늘어나서 130여 점이 되었지만 피자도 점차 대중화가 되어 가격이 점점 저가형으로 내려가기 시작했다.

나는 130여 가게의 가맹점 문을 닫더라도 시세에는 부응하지 않고 중가의 가격을 밀고 나갈 것을 고집했다. 나의 기술이 저평가되는 것 같아 자존심이 상한 적도 있지만 내가 나아갈 지향점은 저가형이 아닌 중가형여야만 된다는 자신감

부평에 오픈했던 골드 2호점

으로 까치산 근처에서 중가형의 '골드1호점'을 런칭했다.

골드1호점이 대호황을 이루어 2012년 부평역 근처에 '골드2호점'을 런칭했다. 하지만 얼마 지나지 않아 2호점은 폐업을 하게 된다. 부평역에 내리는 승객들의 대부분이 유동적인 사람들이었는데 그런 지역적인 특성을 파악하지 못한 실책이 또 발생된 것이다.

신중하지 못하고 들뜬 마음에 2호점을 냈던 것은 분명 무모한 도전이었음을 문을 닫고서야 깨닫게 되었다. 그래서 다시 한 번 피자에 대해 공부도 하고 연구를 시작

하게 되었다.

피자(pizza)라는 말의 어원에 대해서는 정확한 설이 아직은 없다. 일반적으로 그리스어에 피타(pitta)라는 말에서 왔다는 것이 인정되고 있을 뿐이다. 그 말의 뜻은 '납작하게 눌려진' 또는 '동그랗고 납작한 빵'을 의미한다고 한다.

피자의 유래에 대해서도 설이 분분한데 그 중 하나는 그리스 로마시대까지 거슬러 올라간다. 그리스 로마시대에 빵을 부풀리는 이스트 없이 기름과 식초로만 반죽해 구운 납작한 빵인 마레툼(Maretum)이 있었다고 하는데 기록에 의하면 당시 마레툼에 마늘과 양파를 곁들여 먹기도 했다고 한다.

그 후 18세기 초에 들어서면서 이탈리아로 건너와 피자는 말 그대로 눈부신 발전을 거듭하게 된다. 이탈리아의 요리사들은 피자에 이탈리아 지중해의 햇빛을 받고 자란 토마토를 첨가했고 18세기 말부터는 치즈와 앤초비 등을 사용하기 시작하면서 드디어 오늘날의 피자 형태와 유사한 피자가 등장한 것이다.

그때까지만 해도 가정식에 머물던 피자였지만 1830년에 이르러 또 한 번 큰 변화를 하게 된다. 캄파니아주의 나폴리에서 피체리아(pizzeria)라는 이름으로 피자가 상품화되었는데, 그렇게 탄생한 나폴리 피자가 이탈리아 전 지역에 퍼지게 되어 오늘날에도 나폴리는 피자의 본고장으로 불리고 있다.

19세기 후반으로 접어들면서 이탈리아가 근대화를 추진하는 과정에서 빈곤이 격화되자 많은 미국 이민자가 발생한다. 이민자 중 일부는 당시 세계대전의 여파로 기존의 빵 가게들이 불황을 겪게 되자 토마토 퓨레, 오레가노(향신료), 치즈 가루를 얹은 피자를 만들어 팔기 시작했다.

1905년 처음으로 이탈리아 이민자 출신 조반니 롬바르디가 미국의 심장부에 피자 음식점을 내는 것을 시작으로 1920년대부터는 이탈리아 이민자 중 많은 수가 미국 북부를 중심으로 피자점을 개점하면서 점점 미국의 외식산업의 한 축으로 피자는 성장해 가게 된다.

그렇게 대서양을 건너 미국에 상륙해 영향력을 넓혀가던 피자는 또 한 번 큰 변화를 하게 된다. 음식의 양을 중요시하는 미국인들의 취향에 맞게 크기가 커지고, 미국의 발달한 낙농업을 기반으로 한 식재료, 육류와 치즈

51

가 추가되면서 토핑이 풍성해졌다. 또한 미국 전역으로 피자가 퍼지면서 각 지역별로 더욱 다양한 레시피가 생겨났다.

그렇게 다양하고 독자적으로 발전한 미국 피자 중 가장 유명한 뉴욕 피자는 도우에 치즈가 듬뿍 올라가며 가장자리의 테두리가 살짝 올라간 형태의 피자로 '피자'하면 딱 떠오르는 모양으로 우리 한국인들에게도 가장 익숙한 피자라고 할 수 있겠다.

캘리포니아 피자는 두께가 얇으며 도우에 양젖으로 만든 치즈, 탄두리 치킨, 파인애플, 베이컨 등 이탈리아 피자와는 사뭇 다른 토핑이 올라간다.

시카고 피자는 두께가 매우 두툼하며 속이 꽉 찬 스터프트 피자(stuffed pizza)의 형태이다. 그리고 우리에겐 그렇게 많이 익숙한 이름은 아니지만, 뉴욕스타일과 비슷한 뉴헤븐(Newheaven) 스타일은 토핑으로 조갯살을 올리는 것이 특징이다.

이러한 많은 변화와 발전의 과정을 거치면서 이탈리아 음식인 피자는 미국에서 매우 유명해졌고 미국의 피자 식품업체들은 거대한 자본을 바탕으로 피자 산업을 확장

길은 언제나 열려있다

시켰다. 그렇게 피자는 점점 세계시장에 진출하게 된다.

피자는 한국에 주둔하고 있던 미군부대를 통해 전파되어 처음에는 일부 고급 호텔이나 레스토랑을 통해 판매되며 높은 가격대를 형성해 특정 부유층들의 식품으로 여겨지다 국민 소득수준이 비약적으로 발전하던 80년대 중반 1986년 아시아경기대회, 1988년 올림픽경기대회 두 차례의 큰 국제경기대회를 치르면서 국제화를 경험하게 된 국민들의 외식에 대한 수요가 증가해 점차 사랑을 받게 되며 많은 사람들이 즐기는 음식으로 발전하게 되었다.

한국에서 뽕뜨락을 통해 새롭게 변화중인 피자

피자는 지금도 다양한 재료들을 만나 진화 중이고 나 역시 늘 새로운 피자를 만들기 위해 노력중이다. 언젠가 피자의 본고장 이탈리아에 우리 뽕뜨락의 매장을 진출시켜 본고장 이탈리아 사람들의 입맛을 한국의 피자로 사로잡는 것 또한 내 평생의 목표 중 하나이다.

프랜차이즈의 허와 실

인간만이 웃고, 또 울 수 있는 유일한 동물이다.
즉 인간만이 있는 그대로의 사실과
있게 될 사실과의 차이에 감동하는 유일한 동물이다.
— 해즐릿(영국의 평론가)

피자 사업이 호황을 이루게 되자 너나없이 피자에 관
심을 갖게 됐다. 그래서 독립을 하게 된 형님의 가게가
1호 점이 되었던 것이다.

그렇게 1호 점을 오픈하면서 뽕뜨락은 자연스럽게 프
랜차이즈로 확장되어 갔다. 프랜차이즈로 거듭나며 매장
의 수가 많아진다고 반드시 좋은 점만 있는 것은 아니었
다. 모든 것에는 빛과 어둠이 공존하듯이 프랜차이즈 사

프랜차이즈 뽕뜨락 매장

업도 마찬가지였다.

특히 친인척들을 중심으로 프랜차이즈 사업이 확장될 때의 어려운 점은 가족끼리의 관계가 힘들어질 수도 있다는 점이다.

처음 시작이 가까운 친인척으로부터 시작되었기 때문에 사업을 하다 잘 되면 본인들이 잘 해서 그렇게 되는 것으로 자만하게 되고, 잘못 됐을 때에는 본사의 관리 소홀이라는 말을 듣게 돼 가족으로부터 자연히 멀어지게 되는 경우가 있다.

실제로 프랜차이즈를 하면서 처갓집과 많은 오해가 빚어진 일이 있었다. 아내가 그 사이에서 심적 고통이 컸으리라 여겨진다. 처남과 손위의 동서도 프랜차이즈에 동참했는데 안타깝게도 성공을 거두지 못한 케이스였다. 장모님까지 직접 우리에게 서운함을 감추지 않으셨다.

오해의 발단은 경영방식에 있었지만 외부적으로는 비리로 비춰져 의심이 의심을 낳아 관계가 어긋나게 되었다.

길은 언제나 열려있다

사무실 관리 제 비용을 원가에 포함시키지 않고 오로지 재료비만 원가에 포함하면서 표면상으로는 이익이 났지만 실질적으로는 손실이 컸다는 걸 몰랐고 거기에 중간 관리자의 비리까지 겹쳐져 손실액은 더욱 커져만 갔다.

어느 사업이든 실패 요인을 따지다 보면 항상 중간 관리자가 문제가 된다. 가족끼리의 일이었다면 사실 원수처럼 등을 돌리진 않았을 것이다.

이유야 어떻든 결과적으로 처갓집의 오해를 사게 되었으니 나의 부덕임이 분명했지만 그때는 세상을 잘 몰랐을 때였으니 나도 억울하다는 생각뿐이었다. 그러다 급기야 처갓집과 단절하는 상황이 벌어질 수밖에 없었다.

그 일로 2010년까지 처갓집과 전화통화는 물론 경조사까지도 참석치 않게 됐다. 장인어른은 아내가 초등학교 때 돌아가셨다. 그래서 힘겹게 혼자서 자식들을 키워 오신 장모님은 유달리 막내사위인 나를 많이 좋아하셨던 터였다.

오해가 생겨 연락이 끊어졌을 때도 우리 부부와는 통화도 못하고 지냈지만 장모님이 손자들과 전화통화를 하셔서 우리의 안부를 알고 계셨다고 나중에 들었다.

그렇게 처갓집과 연을 끊다시피 하고 살아가는 가운데 나이가 들어감에 따라 아내의 눈치가 달라져갔다. 내색은 하지 않아도 속으로는 친정집을 그리워하는 게 역력하고, 그 모습을 보는 내 마음도 아내가 안쓰럽고 미안했다. 그런 아내를 위해 장모님 생신을 계기로 처갓집을 방문했다. 장모님이 돌아가시더라도 오지 말라는 처남의 독설을 생각하면 발이 떨어지지 않았지만 아내의 마음을 그냥 모른 척 할 수는 없었다. 더구나 내 부모를 생각한다면 장모님을 언제까지 모른 척 방관한다는 건 양심불량이라는 생각도 들고 도의적으로도 바람직하지 못하다는 생각을 했다.

처갓집 대문을 들어서는 나에게 장모님의 얼굴이 너무 밝아서 안심이 되었다. 솔직히 나로서는 큰 용기를 내고 찾아간 것인데 문전박대라도 당하면 영원히 등질 수밖에 없다고 생각하고 있던 터라 마음속으로는 몹시 불안해 있었다.

"잘 왔네."

장모님의 그 한 마디에 바짝 긴장해 있던 내 마음이 풍선에 바람 빠지듯 스르르 풀렸다. 이렇게 쉬운 걸 무엇 때문에 그토록 오랜 세월을 버티어왔을까, 하는 생각이 들었다.

소파에 앉으라고 자리를 내어 주시는 장모님의 목소리에는 애틋함까지 묻어있어서 나는 순간 가슴이 찡하니 울리면서 목울대까지 올라오는 서러움 같은 덩어리를 꿀꺽 삼켜야 했다.

우리의 어색함은 금방 눈 녹듯 사그라졌다. 가족이란 혈연을 끊고 싶다고 쉽게 끊을 수 있는 관계가 아니라는 걸 좀 더 일찍 깨닫지 못했음을 지금도 후회하고 있다.

좀 더 일찍 장모님을 찾아뵈었다면 하는 아쉬움과 아내의 마음을 좀 더 헤아려주지 못함이 많이 아쉽다. 처남 역시 내가 품어주지 못했으니 나의 옹졸함이 큰 탓이다.

오랜 세월동안 괜한 원망과 미움만 키워가면서 가끔은 아내까지 얄미워지던 때를 생각하면 아마도 철이 덜 들었던 것 같다. 이제라도 마음을 열 수 있었던 것이 나이 탓이라니 인생의 수레바퀴라는 게 그냥 돌아가는 건 아니었던 것 같다. 어려서는 바다가 나이만큼 작아진다고 생각했었는데, 지금은 나이만큼 내 가슴이 커지는 걸 느낀다.

그래서 나이 든 어른들을 보면 존경스럽다. 그분들을

보면 아버지가 생각나고 좀 더 오래 사셨다면, 아니 내 옆에 계셨더라면 그 많은 마음고생은 안 했을 것 같은 안타까움이 있기 때문이다. 그래도 아직 내게는 어머니가 계셔서 늘 마음이 든든하다. 보고 싶을 때면 언제나 달려갈 수 있는 어머니가 계시다는 건 너무나 큰 축복이기 때문이다. 이제야 내 아이들이 커가는 걸 보면서 가족의 소중함을 느낀다. 젊어서는 오직 내 아내 내 자식밖에 눈에 들어오지 않았던 걸 부정하진 않겠다.

그러나 지금은 내 가족, 내 친척, 내 이웃들 모두가 소중하다. 그래서 나의 프랜차이즈 사업은 더욱 신경이 써지고 더욱 신중하고 더욱 소중하게 느껴진다.

새로 오픈한 매장에서 기념사진

프랜차이즈 사업을 시작할 때 가게만 오픈하면 돈을 벌 수 있을 것이라는 생각은 금물이다. 본인의 노력 없이는 반드시 실패 하는 것이 프랜차이즈 사업이라는 걸 알아줬으면 좋겠다.

가맹점 점주들이 잘 돼야 본사가 잘 될 수 있고 본사가 잘 돼야 가맹점도 잘 될 수 있는 것이다. 가맹점주들은 또한 사업에 대한 절실함을 가지고 사업에 임해야 하고, 사주를 믿고 따라줘야 성공할 수 있음을 명심해야 한다.

나는 진정성 하나와 피자에 대한 열정만을 가지고 시작했기에 성공할 수 있었다고 자부하기 때문에 내 가맹점주들에게도 그 진정성과 열정을 전수해 주고 싶은 것이다.

프랜차이즈가 한참 붐을 타면서 몇 년 전까지만 해도 프렌차이즈 업계는 득실거리는 사기꾼 때문에 선의의 피해자들이 많았다. 84년 림스치킨이 국내 프랜차이즈의 시조 격으로 등장하게 되었고 86아시안게임, 88올림픽을 계기로 외식 프랜차이즈업이 성행을 하게 되지만 그때는 오픈만 해주는 식이였기 때문에 기술 전수와 관리가 부실했던 면이 있었다.

그런 인식 때문인지 요즘도 점주들은 회사를 못 믿는 경우가 종종 있다. 나는 기술 전수뿐 아니라 관리에 신경을 쓰고 있다. 본사는 축적된 노하우를 전달해 주는 곳이고, 가맹주는 본사의 의지를 믿고 따라주는 것이 프랜차이즈업의 참된 모습이다.

또 한때 원가를 낮추기 위해 가짜 치즈를 점주들이 몰래 씀으로써 피자사업이 위태로웠던 시기도 있었다.

새로 오픈한 매장에서 점주님과 직원분들의 기념사진

하지만 나는 IMF때도 가짜 치즈를 쓰지 않았다. 그 위기를 신뢰로 이겨내고 보니 돈이 몰려 들어왔다.

가게에서 돈 셀 시간도 없어 퇴근 후 까만 비닐봉지에 가득 든 돈을 집에 들고 가 아내와 세는 재미가 있었는데 이런 재미를 프랜차이즈 업주들이 누렸으면 좋겠다.

길은 언제나 열려있다

요즘 가맹점들이 망하는 원인이 의지 부족이라는 것을 느낀다. 실패한 가맹점 대부분이 기존에 자기 매장을 가지고 자영업을 하셨던 분들이다. 본인의 기술을 믿고 프랜차이즈 본점에서 제시하는 노하우를 잘 따라주지 않았기 때문에 생기는 일이라는 것을 그분들이 그 점을 인식했으면 한다. 프랜차이즈로 성공을 하려면 회사를 믿고 회사와 한 마음으로 나갈 때 성공할 수 있다는 것을 다시 한 번 말하고 싶다.

PPL광고를 도입한 드라마 <왕가네 식구들> 중

나는 홍보를 잘해주는 회사가 최고라는 생각으로 광고비를 아끼지 않고 투자하고 있다. 또 점주들의 부담을 줄이기 위해 점주들에게 광고비를 받지 않고 본사 비용으로 광고를 진행하고 있다.

한 점주가 프랜차이즈 매장을 내기 위해 여러 피자점을 알아보던 중 뽕뜨락을 찾았다. 딴 회사도 둘러보고 왔다는 말을 듣고 뽕뜨락과 딴 회사와의 차이점을 물어봤더니 딴 회사와 특별한 차별화가 느껴지지 않는다는 반응을 보였다. 그 이듬해부터 차별화를 위해 TV드라마 속의 PPL 광고를 도입하게 됐다. 드라마 '왕가네 식구들', '왔다, 장보리!' 등의 드라마에 PPL 광고를 시작했는데 많은 효과를 보았다. 특히 '왕가네 식구'들이란 드라마는 주말 황금시간대에 방영해서 시청률 48.3%를 기록했다. '왕가네 식구들'의 왕돈이라는 캐릭터가 광고의 가장 큰 역할을 했는데 극중에서 왕돈이가 속을 썩이다 피자가게를 열어 엄마에게 '단호박 카사 피자'를 선물한다는 내용이었다.

단호박 카사 피자

'단호박 카사 피자' 간접광고는 드라마 방영 당시 네이버 검색 실시간 1위를 기록하기도 했다. 드라마가 방송된 후 매출이 급상승해서 대박이란 말을 실감하기도 했다.

 공영방송의 위력이 대단하다는 걸 그때 처음 알았다. 더구나 직접광고도 아닌 드라마 속에서 나온 피자의 간접광고가 그렇게 큰 반응을 일으키리라고는 전혀 상상도 못했던 일이다. 1분도 안 되는 주인공의 대사가 영상과 맞물려 시청자의 구미를 일으킨 것이리라. 물론 문영남 작가님의 탁월한 시나리오와 광고 담당 피디의 아이디어 때문이라는 것도 알게 되었다.

PPL광고를 도입한 드라마 <왔다 장보리>

피자에 미친 한 남자, 도우맨 *DOUGH MAN*

작가와 피디의 역할이 드라마의 축이 된다는 사실에 놀라움을 금치 못했다. 평소 드라마를 볼 시간도 없었지만, 관심도 없었던 터라 나의 놀라움은 더 배가되어 이제는 드라마의 효력에 매료되어가고 있다. 뒤늦게나마 실감한 광고의 중요성을 무시할 수 없기에 마케팅 전략에도 전력투구하고 있다.

솔직히 동영상의 위력을 몰랐던 나로서는 PPL광고에 대한 의구심이 전혀 없었던 것은 아니었기 때문에 드라마의 위력에 더 큰 관심을 가질 수밖에 없는 것 같다.

사업이라고 시작해서 갖은 고생을 하면서 잘 버텨온 결실이기에 그때의 기쁨은 더욱 컸고 자신감이 넘쳐서 이젠 무엇이든 마음만 먹으면 해 낼 수 있다는 의지가 더 굳건해졌다. 그래서 이후 '왔다 장보리'라는 드라마와 '파랑새의 집'이라는 드라마에도 간접광고를 통해 제작지원에 적극 나섰던 것이다.

드라마 '왔다 장보리'와의 인연은 좀 특별하다. '왕가네 식구들'에서 '왕돈'역을 맡았던 '최대철'이라는 연기자가 '왔다 장보리'에도 출연하게 된 것이다.

최대철 씨는 뽕뜨락의 전속 모델이 아니었지만 묘한 인연으로 회사 광고와도 계속 인연을 맺게 되었다.

드라마 <왕가네 식구들>와 <왔다 장보리> 에 출연한 연기자 최대철

　'왕가네 식구들'도 처음부터 우리가 광고를 제안하고
시작했던 것은 아니었다. 작가가 극중 왕돈의 엄마 건강
을 위해 좋은 식품을 찾아 달라는 주문을 했고 마케팅
담당피디가 여러 업체를 선정하던 중 마침 우리가 내놓
은 웰빙 식품 '단호박 카사 피자'가 그 당시 호평을 받고
있던 시기라 우리 업체가 선정 될 수 있었던 것 같았다.
어떻게 보면 운이 좋아서 맞아떨어진 것일 수도 있는 호
재였던 것만은 사실이다. 이 드라마 역시 높은 시청률

덕분으로 드라마 PPL광고의 시너지 효과를 본 것이었으니 나로서는 그저 감사할 뿐이다. 이 계기로 나는 사업에 자신감을 얻고 점주들에게 피자에 대한 비법을 전수하고 영업방법을 전달해 직접적인 도움을 줄 수 있는 새로운 메뉴 개발을 시작했다.

본사와 지점에서 진행되는 교육

더불어 언론 홍보는 가맹점에 대한 직접적인 도움이라는 생각에 1년분의 홍보예산을 광고에 투입했고 점주들로부터도 좋은 반응을 얻었다. 그 시대에 맞는 홍보방법을 발굴해 내는 것이 사업 성패의 관건이 아닐까 생각한다. 요즘엔 인기 아이돌 그룹, B1A4를 광고모델로 선정해서 본격적인 광고효과를 노리고 있는 단계이다.

길은 언제나 열려있다

뽕뜨락 피자 광고 모델로
활약중인 인기 아이돌 B1A4

피자에 미친 한 남자, 도우맨 *DOUGH MAN*

창조적인 메뉴개발

원래 지상에는 길이 없다.
걸어 다니는 사람이 많아지면
그것이 길이 되는 것이다
- 노신(중국의 학자)

"한식당이 많은 서울에서 한식당을 차린다면 이윤을 내긴 힘들고 곧 파산할 것이다. 제로 투 원(Zero to One). 경쟁하지 말고 독점하라."

이 말은 세계 최대 전자결제 시스템 '페이팔'의 공동창업자이며 벤처 투자자이자 베스트셀러 '제로 투 원'의 저자인 피터 틸이 연세대학교 강연장에서 들려준 말이다. 우연히 신문을 보다가 일리가 있다는 생각이 들어 일단 스크랩을 해서 그의 말을 몇 번이나 음미해 봤다.

그의 말은 시장을 독점하라는 뜻으로 내 생각과 상통했다. 무수한 시장 속에서 살아남기란 여간 어려운 일이 아니다. 살아남으려면 무슨 형태로든 독점권을 가져야 된다는 생각이 내 머릿속을 지배했다.

뽕뜨락에서 개발한
볶음김치 피자(좌)와
토핑들의 수대(아래)

결국 맛으로 승부수를 보는 게 최선이라는 생각이 들었다. 그러자면 피자 맛의 독창성이 필요했다. 물론 0에서 1을 창조해 내는 일은 결코 쉬운 일은 아니다.

독점을 한다는 것, 역시 쉬운 일이 아니다. 그것은 자

길은 언제나 열려있다

칫 시장 질서를 무너뜨리는 악영향을 줄 수도 있기 때문이다. 그렇기 때문에 상식을 뛰어넘어야 한다. 내 머릿속은 복잡해졌다. 그러나 생각의 끝에는 어떤 식으로든 해답은 나온다. 정답은 창조적 독점권이었다.

결국 같은 말이지만 누구도 따라올 수 없는 창조성이 발휘될 때 시장을 독점할 수 있다. 소리 소문 없이 늘어나는 것은 단지 피자가게만은 아니다. 특히 외식시장의 경우는 더욱 어렵다.

나는 아직 창조적 독점에 이르지는 못했다. 그러나 꿈을 포기하지 않고 있기 때문에 자화자찬인지는 몰라도 '창조적'이란 화두에 걸맞은 외식 경영인이라는 평가는 받고 있다.

우리 뽕뜨락피자는 신개념 웰빙 피자로 인정받고 있기 때문에. 경쟁이 치열한 피자 프랜차이즈 시장에서 주목을 받고 예비 점주들이 선호를 하는 것 같다. 계속해서 준비 중에 있는 의뢰자가 많다는 것은 이미 신뢰를 받고 있다는 뜻이라고 생각한다. 그 신뢰감은 나의 희망이고 나의 자신감이다.

사실 우리 뽕뜨락 피자가 유명해진 것은 겨우 3년 남짓이다. 웰빙을 컨셉으로 내세우는 것은 외식시장에서 새로울 것도 없는 전략이었다. 하지만 그 전략이 내가 의도해서 이루어진 것이 아니라는 데에 의미를 두고 싶다.

나는 피자에 내 인생을 걸었다는 말을 들을 정도로 피자에 푹 빠져있다. 나의 끊임없는 노력은 어느덧 내 사업의 전략이 되어있었기 때문이다.

고등학교 시절부터 외식사업에 관심을 가지고 있었던 점도 한몫을 한 것이고, 군대 가기 전부터 피자 배달 아르바이트를 시작해서 28년 동안 피자를 만들어 왔으니 이만하면 나도 외길 인생을 걸었다고 장담할 수 있지 않은가.

뽕뜨락 캐릭터 조형물 옆에서

그렇기 때문에 피자에 뽕잎을 접목한다는 발상은 어쩌면 자연스러운 일이었는지도 모른다. 내가 생각해도 누구나 쉽게 생각할 수 있는 아이템은 아니었기 때문이다. 또한 내가 이태리 피자 장인의 손맛을 전수한 인물도 아니지 않은가.

나는 전라남도 해남의 외딴섬에서 나고 자랐다. 피자는 커녕 돈까스 맛도 보지 못한 '섬촌놈'이었다.

길은 언제나 열려있다

내가 청주로 이사해서 뭍에서 경험한 가장 충격적인 경험을 꼽자면 친구의 생일잔치에 나온 돈까스라는 '양식'이다. 포크와 나이프를 들고 있는 친구들의 모습은 충격 그 자체였다.

그 때의 감동으로 나는 돈까스를 좋아했고 양식 레스토랑에서 아르바이트를 시작했다. 그리고 피자집에서 배달하다 배운 피자기술로 피자가게를 했고 지금은 피자가 내 인생이 되어버렸으니 이만하면 한 우물을 판 나의 인내와 노력이 결실을 맺은 것이라는 생각이 든다.

물론 다른 사람이 생각하면 운이 좋았다고도 말할 수 있고, 나의 말이 교만으로 들릴 수도 있을 것이다. 하지만 나는 장담하건데, 이 세상에 공짜는 없다는 것이다. 노력 없는 성공이 어디 있겠는가. 그냥 얻어지는 것은 아무것도 없다는 것을 나는 몸소 겪으면서 배워 왔기 때문에 부끄러움이 없다. 오직 도전만이 있을 뿐이다. 결국 나의 비장한 각오가 일을 낸 것이다.

시장을 독점하기 위한 나의 창조적 아이디어가 선을 보이기 시작하면서 나는 시장 독점을 노리기 위해 피자 이름부터 '뽕뜨락'이라고 정하고 가게 인테리어는 뽕나무

를 벽에 그렸다. 피자 도우도 뽕잎을 연상하도록 초록색
으로 바꾸었다. 이만하면 상식을 뛰어넘는 발상이 아니
겠는가.

뽕잎 인테리어가 가득한 매장

　피자의 원산지인 이태리를 생각한다면 뽕나무는 황당
한 발상일 수도 있다. 하긴, 그 당시에는 촌스럽다는 말
도 많이 들었다. 가게 벽에 그려진 뽕나무 잎을 보면서
웃는 사람들도 있었다.
　"어머, 이게 뭐야? 웬 뽕나무?"
　학생들도 웃었다. 그러나 나는 개의치 않았다. 내 욕
심은 이태리 피자가 아닌 대한민국 피자를 만들어 보
겠다는 야심을 가졌기 때문에 새로운 도전을 겁내지
않았다.

나의 열정은 마침내 불꽃을 피워냈고 성공한 사람에게 쉽게 가져다 붙이는 속세말로 운도 따랐던 것 같다. 그 운이란 드라마 협찬광고였다.

뽕뜨락피자가 입소문을 타면서 드라마 협찬기회를 얻은 것이다. KBS 인기 드라마 '왕가네 식구들'에 제작지원을 하게 되었고 드라마 속 왕돈 삼촌역의 모델이 되기도 했다. 드라마를 활용한 마케팅까지 더해져 창업 3년 만에 연평균 30%가 넘는 성장을 이루게 됐다.

뽕뜨락의 상징 뽕잎 도우

중국 시장까지 진출해서 지난해까지 프랜차이즈점이 4곳이나 문을 열었다. 차별화와 홍보는 성공으로 이끈 핵심 포인트였다. 특히 홍보는 내가 피자 배달 아르바이트를 할 때부터 뼈저리게 느꼈던 경험이 사업적 요소가 된 것이다. 아파트 우유투입구는 물론이고 초인종에 이르기까지 온갖 욕을 먹으면서 전단지를 돌려봤기 때문이다. 그러한 나의 실용적 체험이 나의 성격을 긍정적인 적극성으로 바꿔줬다. 드라마 '왕가네 식구' 이후 '투윅스', '왔다 장보리', '달콤한 비밀' 등 드라마 제작지원을 아낌없이 계속해 나가고 있는 까닭이 그 결과이기도 하다.

크리스마스를 맞아 선보인 피자케이크

나는 여기서 그치지 않았다. 불꽃은 한번 꺼져버리면 다시 붙이기가 쉽지 않다. 그 불꽃을 계속 연장하려면 또 다른 메뉴 개선이 필요할 것 같았다. 그래서 메뉴 차별화에 공을 들였다. 매년 2개 이상의 새로운 메뉴를 선보인다는 것이 목표다. 지난해 말 피자 케이크, 피자 버거를 선보인 것도 그 때문이다.

길은 언제나 열려있다

가맹점 모집방식도 기존방식을 고집하지 않고 새로운 아이디어가 있으면 받아들였다. 그런 뜻에서 업계 처음으로 창업 오디션을 진행했다. 예비창업자를 지원하겠다는 동기였다. 1년 동안 28명의 후보자를 선정해 1인당 7천만 원, 모두 20억 원을 지원하는 창업 프로젝트다.

피자업에 종사한 지 벌써 28년이 흘렀다. 하지만 나는 여전히 창업초반에 절실했던 마음을 지금도 늦추지 않고 있다.

피자에 미친 한 남자, 도우맨 **DOUGH MAN**

나의 프로젝트 기획은 꿈과 아이디어는 있지만 창업자 금이 부족한 예비창업자들의 마음을 누구보다 잘 알고 있기 때문에 시작한 사업이다.

젊어 고생은 사서도 한다지만 내가 고생했던 시절을 돌아보면 그때, 누군가 나에게 조금만 도와주었더라면… 하는 절절함이 가슴에 사무쳤는지도 모른다. 뼈가 시리 도록 아픈 마음을 달래줄 사람이 필요했던 적도 있었다. 지금은 그 아픔의 시련이 내 가슴에 명약으로 남아 있기 에 그 명약을 나누고 싶었다. 아니 나누어 주고 싶었던 것이다.

이제 돌아보면 사람들 출입도 드문 아파트상가 지하에 서 가게를 해보겠다고 문을 열었을 때부터 나의 고생은 불을 보듯 뻔한 것이었다. 오직 맛과 기술만을 믿고 통 큰 자부심으로 피자집 창업에 나섰으니 쓰라린 실패는 당연했었다. 사실 돈도 부족했지만 '창조성'이 전혀 없었 다. 이미 피자시장을 장악한 수많은 피자집 간판들 가운 데 또 다른 피자 간판을 달았을 뿐이었다.

그래도 미련 없이 가게를 접고 경기도 양평에서 휴식 아닌 휴식을 취했던 것이 큰 수확이었다. 양평 천지에 뽕나무가 널려 있는 것을 보고 아이디어를 얻었으니 신

길은 언제나 열려있다

의 계시가 그곳에 있었다고 밖에 다른 이유는 달고 싶지
않았다.

피자에 뽕잎을 접목하겠다는 '창조적'아이디어에 눈이
번쩍 뜨였는데 아내 역시 한마음이었으니 더 이상 머뭇
거릴 이유가 없었다. 하지만 문제가 한 가지 있었다. 뽕
잎은 몸에 좋지만 그 맛이 썼다. 쓴맛의 피자라니, 고개
가 절로 흔들렸다. 신의 계시라고 들떠서 시작한 뽕잎피

뽕나무와 뽕잎

자 맛에 나는 아연해서 머리가 돌아버릴 것 같았지만 다
시 정신을 차리고 포기하지 않았다. 가족들이나 주변 지
인들까지 모두 그만둘 것을 종용했지만 나는 굴하지 않
고 연구를 거듭한 끝에 뽕잎의 쓴맛 제거를 성공시키면
서 새로운 각오로 가게의 문을 열었던 것이다.

81

마침내 뽕뜨락피자로 인해 나의 인생에 새로운 길이 열렸고, 그 외길로 달리기 시작했다. 2015년 서울 프리마호텔에서 (사)한국창조경영인협회 주최로 열린 '2015 신창조인 선정식'에서 내가 신창조인에 선정됐다. 창조경제 활성화를 위한 공로를 인정받은 것이다.

선정식 후 기념사진

한국창조경영인협회는 중소기업과 민간 차원의 창조경제 활성화를 위해 미래창조과학부의 인가를 받은 단체이다. 이 단체에서 매년 신창조인을 한 명씩 선정한다는 것이었다. 그 인물은 창조적 아이디어와 상상력을 갖고 융·복합 및 협업을 통해 고부가가치를 생산해 내는 인물을 말함이다.

길은 언제나 열려있다

물론 일자리 창출과 국가 경쟁력 강화에도 기여하고 높은 사회적 공헌도 있어야 한다. 나는 처음에 그 소식을 듣고 어리벙벙했다. 그러나 곧바로 정신을 차리고 나서 생각했다. 과연 내가 그럴 자격이 있는가? 라는 자문을 해보는 순간, 아니었다면 앞으로 그렇게 살면 될 게 아닌가, 라는 생각에 이르렀다.

나는 용기백배하여 선정식에 나갔다. 축하를 받으면서 내 포부는 대한민국이 아닌 세계로 향했다. 피자로 세계를 석권해 보자는 내 무모함이 고개를 번쩍 든 것이다. 무식하면 용감하다는 말이 딱 나를 두고 한 말인 것 같아 나는 자주 그 말을 써먹는다. 어디 써먹기만 한가? 실천에 옮기는 일도 주저하지 않는다. 상을 받고 나오는 길부터 내 발걸음은 더욱 굳세어지고 더 분주해졌으며 뽕잎에 대한 애착은 더욱 커져갔다.

피자에 뽕잎은 물론 뽕나무열매, 오디까지 섭렵했고 그 외에도 고구마 등 웰빙 재료로 쓸 수 있는 토종 야채들을 접목해 창조적인 메뉴를 선보였다.

뽕뜨락피자는 자연적으로 토종 프랜차이즈 업체로 인정받게 되었다. 그리고 가맹점을 위한 체계적인 물류 인프라 및 점주 성공안착시스템 등 차별화된 경쟁력으로 일자리 창출에 기여할 수 있는 일에 관심을 기울였다. 바로 그 관심이 공로로 인정되었던 것 같다.

실제로 나는 패스트푸드에 대한 기존의 상식과 편견을 깨기 위해 많은 노력을 했다. 뽕잎을 주축으로 한 웰빙 재료를 아낌없이 넣어 국내 피자 시장에 웰빙 열풍을 몰고 가면서 더 나아가 김치, 떡갈비 등 우리나라 전통식재료를 피자에 접목했다. 그 결과 볶음김치불고기, 골든 궁중떡갈비 등 다양한 피자를 선보이게 되었다. 또한 오리지널 도우에 씬 도우를 겹쳐 만든 더블엣지리스 도우를 활용한 '피자버거', 라따뚜이 스터핑을 응용한 '피자케이크' 등 창조적인 메뉴 개발에 힘을 싣다 보니 '국내 최초'라는 말도 듣게 된 것이다.

골든 궁중 떡갈비 피자

84

지금도 28년 피자외 길을 걸어온 피자장인으로 2009년 '㈜웰빙을 만드는 사람들'을 설립해 '한국형 웰빙 피자'를 소비자들에게 지속적으로 선보이고 있다.

㈜웰빙을 만드는 사람들은 지난해 총 매출액 200억원, 4년 연속 평균 62%대의 매출액 신장을 기록하는 등 매해 비약적인 성장세를 기록하고 있으며 뽕뜨락피자를 간판 브랜드로 하는 강소 외식기업으로 시장에 자리매김하고 있다. 특히 지난해에는 중국시장에 진출해, 4개 매장을 개점해서 '한국식 웰빙 피자'로 현지 고객들로부터 좋은 반응을 얻고 있다.

피자에 미친 한 남자, 도우맨 *DOUGH MAN*

더 나아가 모델 기용 외에도 B1A4의 멤버들이 추천하는 메뉴를 선정하는 마케팅 전략을 통해 매출이 평균 20% 이상 늘어난 것으로 잠정 집계되어 광고의 효과를 계속 실감하고 있다. 그뿐인가, 기존 주력 소비자였던 30~40대 여성 고객들까지 B1A4를 좋아하는 젊은 세대와 합쳐지면서 매출은 더욱 증가하고 있다. 인기 아이돌인 B1A4를 광고모델로 기용한 점과 적극적 마케팅이 가맹점주들의 매출 향상에 나선 것이 상승작용을 한 것 같다.

나는 여기서 멈출 수가 없었다. 이미 포문이 열렸는데 더 이상 무엇을 주저하겠는가. 각 매장을 통해 배포되는 B1A4의 사진으로 디자인한 2016년 탁상용 캘린더를 제작해서 돌렸다. 그 결과 실제로 전국 300여 매장에서는 B1A4 멤버가 추천하는 메뉴별 판매가 큰 폭으로 증가했다. 나의 마케팅 전략은 성공한 것 같았다.

지금도 여전히 고객들은 폭발적인 반응을 보이고 있다. 그래서인지 요즘 들어 자주 바다가 그립다. 나를 키

길은 언제나 열려있다

워준 삼마도가 눈앞에 어른거린 걸 보면 이제야 사람다운 삶을 사는 게 아닌가 싶기도 해 혼자서 웃는다. 그동안 얼마나 앞만 보고 뛰었는지 고향 같은 건 까맣게 잊어버리고 살았으니까.

땅끝마을

상황은 바뀌지 않는다.
다만 우리가 변할 뿐이다.
— 헨리 데이빗 소로(미국의 철학자, 시인)

해남과 진도 사이에 '삼마도'라는 조그만 섬이 있다. 삼마三馬라는 이름은 말의 형상을 닮은 섬 세 개가 모여 있다고 해서 지어진 이름이다. 삼마도는 세 개의 작은 섬으로 이루어져 있는데 상 중 하를 붙여 섬 이름을 상마도, 중마도, 하마도라 부르고 이 세 섬을 묶어 '삼마도'라고 부르는 것이다. 그리고 상마도와 중마도 사이에 별도로 작은 섬 안도가 자리 잡고 있다.

고만 고만한 섬들을 크기로 비교하는 것 같아 우스운

일이지만 나는 그 중 제일 큰 섬, 상마도에서 태어났고 초등학교까지 그곳에서 살았으니 내 고향은 상마도가 분명하다. 상마도는 진도를 바라보는 서쪽 면에 있어서 섬이 마을을 포근히 감싸는 천연의 적지에 자리 잡고 있다. 옛 이름이 '마루섬'이라고도 불렸으며 〈동국여지승람〉에는 '마뢰도'로 표기되어 있다.

포구로는 입지조건이 매우 좋은 곳이다. 삼마군도 중에서 가장 위쪽에 있는 섬으로 면적은 0.39㎢, 해안선 길이는 약 3.2㎞이다.

나는 근래에 와서야 상마도에 대해 이러쿵저러쿵 고향 예찬을 하지만 솔직히 내 고향 상마도를 오랫동안 잊고 살았다. 부모님이라도 그곳에 계신다면 사정은 달랐으리라.

길은 언제나 열려있다

더구나 그곳 바다에서 아버지를 잃고 난 이후, 나는 그 섬에 가고 싶지 않았다. 어쩌면 바다에 대한 기억들을 모두 지워버리고 싶었는지도 모른다. 특히 어려서 자주 갔던 용바위는 더욱 떠올리기 싫은 까닭인지도 모른다. 그곳은 자연암석으로 이뤄진 갖가지 동굴이 많아서 즐겨 찾던 곳이었고 유년의 추억이 많은 곳이지만 아버지를 그곳에서 잃었다는 사실 자체가 생각만 해도 싫었고 그 근처만 가도 가슴이 오그라들었기 때문이다.

그럼에도 나의 유년시절, 바다는 나의 친구였고 바다가 나의 놀이터였음을 숨길 수는 없다. 날마다 시시때때로 변하는 바다를 보면서 나의 가슴은 늘 벅차고 들뜨고 때로는 한숨이 나오는 그런 시간들 앞에서 나의 마음이 바다처럼 변화무쌍해지는 것을 알았고, 그런 유년의 추억들이 나의 사업에 기폭제가 되어주었다.

그렇게 말할 수 있는 이유는 무서운 바람소리, 휘몰아치는 풍랑, 바다를 삼킬 것 같던 파도가 다음 날 아침이면 언제 그랬냐는 듯 잔잔해지는 것을 어릴 때부터 보고 자란 때문이 아닐까 싶다. 햇살에 비친 바다의 물결이 밤하늘에 별처럼 반짝거리는 걸 보면서 가슴이 터질 것 같은 벅찬 희열에 눈물을 흘렸던 그 가슴에 아직도 바다가 자리 잡고 있음을 부인하지 못하기 때문인지도 모른다. 그런 바다가 요즘에 와서는 자주 눈앞에 어른거린다. 나이 탓인가도 싶다가 혼자서 피식 웃으면서 입속으로 읊조린다. '어찌 잊으리… 그토록 사랑했던 바다를, 첫사랑이었던 그 바다를…' 시집을 자주 들여다 보다보니 나도 시를 흉내내고 있는 것 같아 조금 민망스럽긴 해도 정신 건강에는 좋을 것이다. 문득 시 한 편이 생각나서 여기에 옮겨본다.

그날 밤 바다는
하얗게 울고 있었다
속살로 빚어낸 합창을
밀려가는 물결에 얹어 주면서
메시지를 흘리고 있었다

이따금
뭍을 두드리는 힘찬 팔매질
애써 외면하는 무딘 세월의 심사를
새벽을 붙잡고 물어도 대답이 없다

그래도 꺼져 가는 희망의 끝을 잡고
끝내 밤을 샌 눈에는
핏빛 졸음이 하품을 하고

동행의 의미를 찾지 못한 발자국따라
나른한 의문이 함몰되고 있었다

- 박창기 <겨울 밤 바다에서>

우연히 시집에서 보고 마음에 들어 적어두었던 시다. 아마 그 시인도 나처럼 바다를 좋아했던지 아니면 바다가 고향이 아니고서야 이런 시가 어떻게 나왔을까, 싶을 정도로 내 마음을 울렸었다.

2003년에 처음 산 자가용 시승식을 하느라 고향에 갔다가 초등학교가 폐교가 된 걸 보고는 마음이 심란해서 돌아왔다. 그 후로 바쁘게 돌아가는 내 사업의 확장으로 오랫동안 고향을 잊고 있었다.

그런데 삼마도에도 2015년 5월에 정기운행 선박이 생긴 것이다. 해남군에서 추진하여 마련한 14톤급의 삼마호는 하루 세 번 운행을 했다. 그 일로 해서 일반여객선과 같은 삼마도 도선이 나의 고향 길을 열어주었다.

상마도로 가는 배는 폭이 상당히 넓은 선외기로 판옥선처럼 밑이 평평한 구조의 배였다. 배는 금방 중마도 서쪽 방향으로 향하는 걸 보니 행정선을 따르는 코스 같았다.

93

바다에 취해 넋을 놓고 있는 동안 눈앞에 양식장이 보였다. 그 양식장 사이를 통과해 상마도로 향하는 뱃길로 들어섰다. 그리고 중마도와 상마도 사이에 있는 무인도인 직매섬을 지나 마침내 상마도 서쪽 방파제에 배가 멈췄다.

상마도로 가는 배 위에서

나는 두 팔을 벌리고 긴 호흡을 했다. 얼마나 기다렸던 도선이었던가. 그 도선을 타고 고향땅을 밟게 된 것이다. 나는 주변을 둘러보고 마을사람들을 떠올렸다.

삼마도와 해남의 화산면 구성리 항까지 왕복운항을 하게 되었으니 고향사람들의 마음이 얼마나 좋을지 상상만

길은 언제나 열려있다

해도 기분이 좋았다. 정기운항선 소식을 들었던 그날도 하루 종일 기분이 들떴었다. 이렇듯 마음만 먹으면 당일치기로도 고향에 다녀올 수 있다는 기대감이 그런 설레임을 주었을 것이다.

하루 세 번 운행하는 정기 운행선박

하루에 세 차례 운항한다는 내 말에 누구는 겨우 세 차례밖에 운행하지 않느냐고 타박을 놓았다. 하지만 내 입장에서 답하기를 한 번도 아니고 세 번이나 운항하는데 더 이상 무엇을 바라느냐고 좋아했다.

그 섬에 살아보지 못한 사람들은 이해할 수 없는 부분을 어찌 말로 다 풀어놓을 수 있겠는가. 하긴 도시에서

피자에 미친 한 남자, 도우맨 DOUGH MAN

생활하는 사람들이 생각하기엔 하루에 교통편이 그것도 배가 세 번밖에 다니지 않는다면 굉장히 불편하겠다고 느낄지도 모르겠다. 그러나 그 마저도 없던 사람들에게는 엄청나게 편리해진 것이다.

지금도 삼마도는 거주하는 주민의 수가 300명이 안 되는 작은 섬이다. 주민들 대부분이 김과 전복양식이 생업이다. 지금이야 인터넷도 있고 텔레비전도 실시간 방영을 하니 도시생활에 대한 궁금증이 없을 것이다. 하지만 나의 유년시절에는 완전히 문명과는 동떨어진 섬이었다.

그런 곳에서 태어났고 그런 곳에서 성장했으니 나는 속된 말로 촌놈 중에서도 깡촌놈, 더 센 놈으로 불리는 섬놈이다. 그걸 아는 사람들은 개천에서 용 났다는 말을 한다. 그러나 나는 용이 아직 못 된 이무기에 불과하다는 생각을 하고 있으니 어쩌면 자화자찬에 빠져있는지도 모른다. 이무기는 아무나 되나? 해 놓고 보니 언감생심 焉敢生心이다. 이무기라니? 어림없다는 소리가 나올지는 몰라도 나는 이무기라야만 된다. 끊임없이 용龍이 되기 위해 용勇을 쓰고 있는 나의 의지는 언젠가는 용이 될 것이라는 기대로 부풀어 있기 때문이다.

어려서 사람은 덕을 쌓아야만 된다는 뜻에서 아버지가

길은 언제나 열려있다

해준 말씀 중에 이무기에 대한 이야기가 지금도 잊혀지지 않고 있다. 아마 아버지가 들려준 그 전설 때문에 이무기라는 말이 쉽게 나왔던 것 같다.

이무기는 깊은 해수海水에 사는 큰 구렁이로, 용이 되기 전 상태의 동물이다. 우리들에겐 신이한 능력을 가진 존재로 비쳐지고 있다. 그러나 삼천 년 동안의 덕행德行과 수도修道를 해야만, 용의 상징인 여의주라는 신물神物이 만들어지고, 이때 뭍으로 거슬러 올라와서 조용한 못을 찾아 승천한다. 하긴, 지방마다 기간이 조금씩 다르기 때문에 어떤 지방에선 일천 년이라고도 하고 또 다른 지방에서는 구천 년이라는 설도 있다. 아무튼 그 오랜 시간을 거쳐 수도를 해야만 용으로 승천할 수 있다는 설에는 큰 차이가 없는 것 같다.

내가 이무기에 특별히 관심을 갖는 건 이무기의 승천 여부 결정에 대한 설화에 있다.

대부분의 이무기가 승천할 때는 하늘이 진동할 정도로 주위가 요란해서 사람들이 모여들게 되어 이무기의 승천을 목격하게 된다. 그때, 모여든 사람들로부터 "용 봐라."하는 말을 들어야만 승천 여부가 결정된다는 것이다. 그 비근한 예로 아버지가 들려주었던 설화 중 한 예를 들어보겠다.

　설화의 발원지는 강원도 태백산 기슭에 자리한 연못이
다. 그 곳에 도를 닦던 이무기가 오랜 굶주림을 견디지
못해 몰래 마을로 숨어들어 가축을 잡아먹는 해악을 저
질렀다. 이를 알게 된 마을 주민들의 원성이 이만저만이
아니었다. 마침 이무기가 용이 되어 승천을 하려고 하는
날, 마을주민들은 요란한 소리에 놀라 집밖으로 나오게
되었고, 이무기가 승천하려는 것을 보게 되었다. 그 순
간, 마을 주민들 중 누군가 큰소리로 외쳤다.
　"저 못된 구렁이 봐라!"
　이무기는 누군가의 그 악담에 끝내 용이 되지 못해 하
늘로 승천하지도 못하고 연못에 떨어지고 말았다. 마을
주민들은 곧바로 그 못을 메워버렸지만, 그 후 마을에는
점점 흉년과 기근이 심하게 들었다고 한다.
　그 반대로 용이 되어 승천하는 설화를 몇 해 전, 우
연히 은행에 들렀다가 그곳에서 들춰 본 잡지책에서 읽
었다.

　동해바다에 살던 이무기의 이야기였다. 동해에서 경주
외동마을로 거슬러 올라온 이무기는 이 지역 농수農水의

시원이 되는 못에 안착하여 자리를 잡고 수도에 들어가려했다. 그런데 불행하게도 이곳은 몇 해 전부터 가뭄이 심해 마을 농경지가 모두 피폐해져 겨우 남아 있던 못의 물도 거의 말라가는 중이었다.

이무기는 이를 측은히 여겨 마을에 많은 비를 내려 주었다. 이무기 덕에 이 마을은 풍년이 들어 마을 사람들은 이 모든 것이 못에 살고 있는 물의 신이 베풀어 주었다고 생각해서 매년 못에 기우제를 지냈다.

그리고 얼마 후 이무기의 승천으로 하늘이 요동을 하고 구름이 휘도는 걸 본 마을사람들이 못 주변에 모여들었다. 커다란 물기둥이 하늘로 솟구치면서 이무기가 못 위로 올라왔다. 그때서야 사람들은 그 못에 이무기가 살고 있었음을 알아차렸다. 그런데 이무기가 승천을 못하고 제자리에서 맴돌기만 한 것이다. 이때 누군가 큰소리로 외쳤다.

"저기 승천하시는 용 좀 보시오!"

누군가 용이라고 불러주어야만 용으로 승천할 수 있는 것이다. 마을사람들은 그 같은 전설을 알고 있었기에 모두힘을 내어 용의 승천을 모두 한 목소리로 축원했던 것이다.

"저기 저 승천하시는 용님을 보시오!"

마을 사람들의 함성에 이무기는 용이 되어 하늘로 승천하였다.

그 후 이무기의 보은으로 그곳 마을은 매년 농번기가 되면 적절한 비가 내린다는 전설 같은 민담이었다.

첫 번째 이야기를 들었을 때는 어린 나이에 아버지가 들려준 이야기로만 기억하고 있었는데, 두 번째 이야기를 책에서 보고 읽었을 때는 첫 번째 이야기와 상반된 이야기라 흥미도 있었지만 덕을 쌓는 공덕이 있어야만 용으로 승천할 수 있다는 메시지는 내게 큰 교훈을 주었다.

베풀면 반드시 언젠가는 보은을 받는다는 깨달음을 얻었던 것이다. 그래서 나는 이무기로 만족하지 않고 용이 되기 위해 덕을 쌓기 위한 노력을 게을리 하지 않고 있다.

남해의 작은 섬 삼마도. 그런 섬에서 용은 못되어도 이무기는 된 것 같다고 고향을 찾아갔을 때 떠올렸고, 이무기라면 용이 되는 건 분명 내 몫이라는 생각을 했던 것이다.

나의 꿈이 너무 과하다고 들릴 수도 있지만 태어날 때부터 광활한 바다를 보고 성장한 나의 가슴에는 언제나

길은 언제나 열려있다

초등학교 시절

그 넓은 바다가 들어와 있었다.

나는 코흘리개 시절부터 바다를 마당으로 삼고 뛰어놀
았다. 저녁 늦게 집으로 돌아올 때는 좁은 마을길이 미
로 같았지만 마주치는 사람마다 반겨주는 얼굴들은 모두
가 친척 같았다. 함께 놀던 아이들 역시 한 가족처럼 두
루 뭉실 얽혀서 밤낮을 가리지 않고 놀았으니까.

우리는 마을길을 빠져나와 낮은 산 구렁으로, 배를 대
는 작은 포구로 뛰어다니며 숨이 턱 까지 차오르도록 달
렸다.

그때마다 우리를 감싸 주던 시원한 바람까지 하나가
되어 우리의 가쁜 숨을 고르게 했다. 그러나 내가 자란

101

만큼 섬은 작아지고 있었다. 그 뿐인가 내 눈길은 먼 수평선에 자주 머물렀고 가끔 어머니의 한숨소리와 함께 들리던 육지라는 곳을 동경하고 그곳에 가고 싶다는 간절한 소망에 어머니와 마찬가지로 육지에서의 삶을 꿈꾸게 되었다.

형제 중 맏이인 아버지는 원래 해남 군남면 육지에서 살았는데 할아버지가 돌아가시자 어린 동생들을 부양해야 하는 책임을 떠맡게 되었다. 가장으로서 책임감을 느꼈던 아버지는 돈벌이가 좀 있을 만한 곳을 찾다가 어촌으로 갈 생각을 했다. 그 이유 중의 하나는 어머니 고향이 섬이었다는 점도 고려한 것 같았다. 그리고 섬이라는 낭만적 감성과 함께 미지의 섬이라면 새로운 도전을 꿈꿀 수 있으리라는 생각이 자신감을 안겨주었던 것으로 나는 미루어 짐작할 뿐이다.

더구나 아버지 성격이 무엇이든 해 보겠다고 작정하면 밀어붙이는 끈기와 고집이 있어서 아무도 막아내질 못했다. 필시 아버지가 섬을 새로운 정착지로 택했던 데는 원대한 포부가 있었을 것이다. 왜냐하면 내가 꿈꾸고 지향해 왔던 그 길도 아버지가 그러했듯 나 또한 한 번 결정하면 포기할 줄을 모르기 때문에 무조건 밀어붙여놓고

102

봤던 것이다.

처음 일을 시작해서 이건 아니다 하면 보통 사람들은 접기 마련인데 나는 끝까지 버텨보자는 마음이어서 옆에서 본 사람의 입장에선 조금은 미련스럽게 보일 수도 있다. 하지만 어쩌랴, 아버지의 유전자가 내 몸 속에 떡 버티고 있으니 내 마음이지만 나도 어쩔 수가 없는 일이다.

아버지는 결국 가족들을 데리고 해남을 떠나 삼마도에 정착했다. 어머니는 한사코 되돌아가기를 거부했지만 아버지의 우격다짐을 이길 수는 없었다. 그래도 막상 고향에 되돌아 온 어머니는 모든 걸 포기했는지 싫은 내색을 한 번도 하지 않았다.

아버지와 어머니

아버지의 속셈이 맞아떨어진 것이다. 어머니가 태어나서 자란 곳이니 전혀 낯설지 않을 테고, 고생이 되더라도 어느 정도는 참아 내리라는 생각을 하셨던 것 같았다.

나 역시 사업을 하면서 남 보다는 내 처갓집 식구를 더 챙기게 됨을 생각해 보면, 아버지가 낯선 땅 보다는 처가였던 어머니의 고향을 택하신 건 잘한 일인 것 같다. 아버지의 밀어붙이기가 내 고향을 섬으로 만들었지만 나는 그곳에서 태어난 걸 늘 자랑스럽게 생각한다.

그곳에 살 때는 몰랐는데 어른이 되어 고향을 생각하게 되면서 의외로 내 고향에 대한 애착이 많이 생겼다. 그 이유는 그만큼 내 고향에는 자랑거리가 많다는 것을 증명할 수 있기 때문이다.

땅끝마을, 말만 들어도 나는 기분이 좋다. 그곳 해남에는 예순다섯 개의 섬이 있다. 그래서 염전과 김 양식장이 산재해 있다. 더욱 자랑스러운 건 임진왜란 당시 명량해전이 있었던 곳이다. 얼마나 의미 있는 땅인가.

그 땅끝마을에서 약 40km 떨어진 곳에 내 고향 상마도가 있다. 바다 안개 사이로 보이는 섬의 아름다움은 나의 창조적 머리를 발달시켜주는 메신저가 되고 있다.

상중하 무인도까지 합쳐 고작 60여 가구밖에 안 되는 삼마도는 워낙 작은 섬이라 정기 여객선은커녕 나룻배도 다니지 않았었다.

그런 섬에서 육지를 꿈꾸었던 건 자연스러운 현상이었다고 생각한다. 그렇기 때문에 아버지가 원망스러웠고, 어머니가 답답하게 여겨졌다. 하지만 그 시절엔 그도 저도 아닌 무작정 떠나야겠다는 생각만이 머릿속에 가득이었으니 원망의 대상은 아버지일 수밖에 없었다. 아버지는 어쩌자고 육지에서 자리를 잡지 왜 하필이면 땅끝까지 와서, 그것도 섬에다 터전을 잡으셨는지 이해가 되지 않았던 것을 지금에야 아버지의 고충을 알 것 같으니 철들자 망령이라는 말이 맞다. 아버지 살아생전에는 철이 없었으니 그 불효를 어찌해야 할지, 그래서 더욱 아버지가 그립고 보고 싶을 때가 많은 것 같다.

생각해 보면 아버지 때문에 나는 평생 함께할 수 있는 스승이며 친구가 되는 바다를 내 가슴에 품을 수 있었다. 그 바다가 없었다면 오늘의 내가 없었으리라는 생각도 들기 때문이다. 내가 태어난 곳 바다는 어떤 풍랑에도 견디며 버티는 힘을 내게 보여주었고, 나는 그 바다를 보면서 내 안에 힘을 키웠던 것 같다.

내가 살아오는 동안 많은 시련과 고난 앞에서 넘어질 때마다 떠오르는 바다 때문에 마음의 평정을 찾을 수 있었다. 그때마다 거대한 풍랑을 삼켜버리던 바다의 모습이 흑백영화의 필름처럼 오래도록 내 눈 앞에서 지워지지 않았다. 그때마다 무엇인가를 생각하는 버릇이 생겼다. 로마의 정치가 키케로의 '산다는 것은 생각한다는 것'이란 말은 명언이 아니고 진실이다.

삼마도가 고향인 어머니는 섬에서 나고 자랐기 때문에 늘 육지를 동경했다. 그래서 뭍으로 시집을 가실 때에도 고향을 떠나는 아쉬움보다는 기쁨이 더 컸다고 속내를 털어놓았던 적이 있었다. 아마도 남편과 자식을 따를 수밖에 없는 어머니 입장에선 선택의 여지가 없는 일이었을 것이다. 산촌에서 나고 자란 사람은 늘 저 산 너머에는 어떤 풍경, 어떤 삶이 펼쳐질지가 궁금할 것이고 사면이 바다로 둘러싸인 섬에서 나고 자란 사람에게는 바다 너머 넓은 육지에서의 삶이 궁금하고 그리울 것이다.

처음 아버지의 제안에 아연실색했을 어머니의 마음은 이해하고도 남음이 있다. 하물며 비록 도회지가 아닌 시골이었지만 육지의 삶을 경험한 어머니로서는 섬으로 다시 돌아간다는 것은 꿈을 잃고 나락으로 떨어지는

기분이 들고 걸음은 천리만리 먼 곳으로 도망치고 싶었
겠지만 남편의 말을 따를 수밖에 없는 어머니의 입장에
서 그런 소원은 무용지물이었을 것이다. 그렇다면 내 입
장은 어떤가? 세상에 빛을 보기도 전이었으니 선택의 여
지라는 말 자체가 존재할 수 없는 것이다. 그런 나의 출
생은 당연히 섬이었고 당연히 그곳에서 자랄 수밖에 없었
다. 나는 당연히 섬놈이었었고, 섬놈으로 성장하는데 유일
한 친구는 바다였던 것이다.

집 밖에만 나오면 눈에 들어오는 건 모두가 바다고 마
을길을 빠져 나오면 낮은 산 구렁으로, 배를 대는 작은
포구가 있었다. 나는 그 포구를 향해 숨이 턱 까지 차오
르도록 달렸다. 그때마다 나를 감싸주던 시원한 바람까
지 하나가 되어 나의 가쁜 숨을 고르게 했다.

그러나 내가 자란 만큼 섬은 작아지고 있었다. 그 뿐
인가 내 눈길은 먼 수평선에 자주 머물렀고 가끔 어머니
의 한숨소리와 함께 들리던 육지라는 곳을 동경하고 그
곳에 가고 싶다는 간절한 소망을 품었고, 마침내 어머니
와 마찬가지로 육지에서의 삶을 꿈꾸게 되었다.

하지만 어머니의 꿈은 이뤄지지 않았다. 그 대신 나의
꿈이 이뤄진 것이다. 나의 바람이 현실로 이뤄지던 날
나는 갈매기처럼 날지는 못했지만 바다를 향해 뛰어다녔

다. 중학교를 육지로 보내주겠다는 아버지의 그 한 마디에 나는 세상을 다 얻은 기분이어서 바다를 향해 소리를 질렀다.

"바다야 고맙다!"

지금 생각해 보면 아버지에게 고마움을 표시해야 했는데, 나는 왜 바다로 달려가서 바다에게 고맙다는 인사를 했는지…. 아마 모르긴 해도 내 마음에 자리 잡은 바다의 힘이 그만큼 컸던 것이리라.

그렇게 육지를 그리워하던 나에게 중학교 진학을 목포로 보내주겠다며 아버지는 친척집에서 거주하게 될 테니 집을 떠나자고 하셨다. 처음으로 육지를 밟아볼 수 있는 기회를 얻은 기쁨에 다른 일은 아무것도 기억에 없다. 다만 한 가지, 그때 처음으로 깨달았던 나의 잠언이 있다.

'간절히 원하면 이루어진다!'

나중에 안 사실이지만 이 명구는 성경에 있었다.

용바위

한 아버지는 열 아들을 기를 수 있지만
열 아들은 한 아버지를 봉양키 어렵다.

— 독일 격언

나의 아버지는 천성이 부지런하시고 일에 대한 열정이 많으셨던 분이다. 아버지의 그런 덕목이 고스란히 나에게 유전된 것을 나는 축복으로 생각한다.

지금도 내 피 속에 흐르는 고지식한 근면과 열정의 유전자는 가진 것 없던 내가 혼자 일어설 수 있었던 밑거름이 되었고 지금까지 쉬지 않고 달려온 원동력이 되고 있다.

아버지는 자식들을 부양하기 위해 육지에서 섬으로 들어갔고 그곳 섬에서 여러 가지 사업을 시작했다.

처음에는 배를 한 척 마련하고 어부들을 고용해서 고기를 잡았는데 간혹 복어 한두 마리가 다른 고기들 가운데 섞여 있었다. 복어는 독이 있기로 유명한데 특히 자연산 복어의 독은 위험해 복어를 요리하는 조리사는 기능시험을 보고 자격증을 취득해야 한다.

그런 위험한 복어를 아버지 배에서 일하는 어부 한 명이 독을 제대로 제거하지도 않고 요리를 해서 먹고는 죽음에 이른 것이다. 이 일로 아버지는 책임을 져야 했고 피해자 가족들과 합의하는 과정에서 많은 재산상의 피해를 입게 되어 고기잡이 사업을 접을 수밖에 없었다.

결국 섬에서 할 수 있는 일로는 미역과 김 양식밖에 없었다. 하지만 그 일은 수확 전에 미역과 김이 녹는 현상이 발생하는 등 쉽지가 않았다.

그래도 죽으라는 법은 없는 듯, 어려움을 겪던 양식 사업이 차차 좋아지면서 조금씩 집안 형편도 풀리게 됐다. 금방 문을 닫아야 할 것 같던 김 양식이 호황을 이루면서 불과 몇 년 동안에 남에게 진 빚들도 다 갚게 되었다.

중학교도 못 다닐 줄 알았던 내 처지가 하루아침에

110

목포 유학생이 된 것이다. 아버지는 다 내 복이라고
하셨다.

　사업이 잘 안되었으면 유학은 고사하고 중학교는 꿈
도 못 꿨을 것이라고 했을 때, 나는 아버지가 큰 거목
처럼 보였고 위대해 보였다. 그랬다. 나는 아버지를 평
소 존경했기에 나의 길이 아버지의 길인 듯 착각할 때
도 있었다.

　그런 아버지를 마지막으로 보게
된 날은 사월 초파일을 이틀 앞둔
토요일이었다. 휴일을 맞아 친구
들과 함께 고향 섬으로 놀러갔던
것이다. 우리는 하루 밤을 집에서
자고 다음 날 일요일에 목포로 돌
아가려는데 막내 작은 아버지가
배로 우리들을 데려다 주신다고
했다. 작은 아버지는 육지까지 가
려면 경운기 기름을 가득 채우는
게 좋겠다면서 나에게 경운기 기
름을 사오라고 말통을 꺼내주셨고
나는 신바람이 나서 작은 아버지

목포에서 중학교 다닐 무렵

심부름을 했다.

우리를 육지까지 데려다 주신 막내 작은 아버지는 원래 대구에 사셨는데 예비군훈련을 하러 섬에 오셨다가 김 양식이 돈벌이가 잘 되는 걸 보시고는 아버지 곁에서 일을 배우시는 중이었다. 아버지 형제가 모두 모여서 한 사업을 하시고 계셨기 때문에 나는 모든 가족들에게 사랑을 받고 있었다.

기름통을 들고 들어오는 나를 보던 막내 작은 아버지가 우리를 육지에 데려다 주겠다고 작은 아버지보다 먼저 나서시며 앞장을 섰다. 막내 작은아버지의 배웅으로 나는 한껏 기분이 좋아서 친구들과 웃고 떠드는 일로 그날 밤을 보냈는데, 그날 밤 섬에서는 청천벽력 같은 사건이 일어났던 것이다.

바로 그날, 고향에서는 그해의 김을 마지막으로 걷어들이던 날이었다. 마침 아랫집 할머니의 회갑잔치가 있어서 아버지와 어머니, 작은 아버지와 막내 작은아버지가 함께 잔치에 가셨다. 한창 일로 바쁜 때에도 마을 사람들이 모두 참석할 만큼 작은 섬마을에서는 흔치 않았던 큰 잔치였다.

오랜만의 술자리라 흥겨웠는지 마을 사람들 모두가 약

112

주를 많이 드셨다한다. 그런 들뜬 기분이었기 때문에 작은아버지는 김 작업이 내키지 않았고, 아버지는 반대로 그런 들뜬 기분에 일을 빨리 끝내버리고 싶은 충동이 일었을 것이다.

"형님, 오늘은 이미 많이 취했으니 즐겁게 놀고 김 수거작업은 내일 합시다."

"미루긴 왜? 지금 가서 해 버리는 게 좋아."

아버지는 막내 작은아버지의 만류에도 김을 걷어야 한다고 앞장을 섰다. 아버지의 고집에 어쩔 수 없이 가족들은 아버지를 따랐으리라.

고향 섬에는 옛날부터 전해 내려오던 용바위 전설이 있었다. 아주 센 물살 때문에 용이 자주 출몰한다고 해서 용바위라고 불리는 장소가 있다. 그날 우리 가족들이 지나가던 용바위에 용이 출몰해 있음을 어찌 알았겠는가.

아버지를 따라간 작은아버지, 막내 작은아버지 그리고 어머니를 태운 배가 용바위 옆을 지나다가 물살에 휩쓸려 배가 전복되고 말았다.

어머니는 섬에서 나고 자랐지만 수영을 전혀 못했다. 물속에서 허우적거리는 어머니를 발견한 아버지가 어미

니를 옆구리에 끼고 겨우 뭍으로 올려놓고 보니 작은 아버지 역시 수영을 못하고 물속에서 허우적거리고 있었다. 아버지는 다시 물속으로 들어가 작은 아버지를 구하려다가 거친 물살에 휩쓸려 바다 속으로 들어간 후 영원히 나오지 못했다.

그때 작은아버지는 경유통에 의지해 파도를 타고 육지로 밀려와 겨우 숨을 돌리는 중이었는데 아버지의 수영하시는 모습이 두 번 정도 파도 너머로 보이고는 보이지 않았다고 하셨다.

어머니는 아버지 덕에 구조되어 목숨을 구했지만 바로 의식을 잃었으니 아버지의 행적을 알 리가 없었다. 의식을 찾은 후 3일이 지난 후에서야 아버지가 실종됐다는 소식을 작은아버지로부터 들은 어머니는 아무것도 눈에 보이지 않은 듯 멍 한 시선으로 허공만 바라봤다.

나는 사고 다음 날에야 학교에서 수업을 받고 있던 중에 형으로부터 소식을 듣고 아버지의 실종 사실을 알게 되었다.

형과 같이 목포항으로 달려가면서도 나는 아버지의 실종을 믿지 않았다. 필시 어딘가에 살아계실 것 같은 생각으로 아버지를 빨리 가서 찾아야겠다는 생각뿐이었다.

고향 선착장에 도착한 순간, 울음소리가 들렸다. 해남

우수영 사시는 큰고모가 아버지가 돌아가셨다며 통곡을 하고 계셨던 것이다. 그 소리를 듣고서야 아버지가 돌아가셨다는 사실이 현실로 느껴졌지만 나는 믿고 싶지 않았다. 아니라고, 아니라는 말만 입 속으로 읊조리는데 볼 위를 타고 눈물은 하염없이 쏟아지고 있었다. 그러다 나는 아니라고, 찾아야 된다고 아버지를 부르며 바다로 달려갔다.

하지만 사고 후 보름 동안이나 아버지의 시신은 오리무중이었다. 갈 수 있는 곳은 모조리 찾아다녔지만 아버지의 흔적은 어느 곳에서도 찾을 수가 없었다. 그래도 우리는 포기하지 않고 수색작업을 계속했다. 그때 당시 집에 남은 재산이 2~3천만 원 정도밖에 없었는데 8백여만 원의 거금을 들여 머구리 잠수부를 고용했다. 잠수부까지 고용해서 사고가 난 주변을 샅샅이 찾아봤지만 아버지의 시신은 보이지 않았다.

가족들의 가슴이 몽땅 타들어간 듯 어느 누구도 숨소리를 크게 내는 사람이 없었다. 어쩔 수 없이 우리 가족은 아버지를 하루하루 포기해 가면서도, 아버지의 시신만이라도 거둘 수 있기를 바라는 마음으로 매일 바다로 나갔다.

지성이면 감천이라고 아버지의 시신이 뭍으로 떠밀려 왔다. 수색을 하는 동안 겨우 정신 줄을 잡고 계시던 어머니께서 아버지의 시신 앞에서 정신을 잃었다. 한동안 제정신이 아닌 어머니를 붙잡고 나 역시 어린 나이었기에 우는 것 외엔 할 수 있는 일이 아무 것도 없었다.

나중에 들은 이야기지만 작은아버지가 바다에서 살아 나올 수 있었던 것은 내가 목포로 가던 날 기름집에서 사다드렸던 경유통이었다니 사람의 운명이란 어느 누구도 모르는 일인 것 같았다. 그 작은 경유통이 작은 아버지를 살리는 구명 튜브 역할을 하게 될 줄은 아무도 몰랐으니까.

그뿐인가? 내가 아버지를 마지막으로 봤던 그날도 지금 생각해 보면 어떤 운명의 계시가 분명 있었던 건 아니었을까 하는 생각을 해보게 된다.

중학교를 목포로 가기 전까지 나는 부모님과 같이 한집에 살면서도 부모님 방에서 한 번도 자 본 적이 없었다. 그런데 그날은 친구들까지 집에 데려다 놓고 부모님과 같은방에서 자게 되었다. 그날따라 아버지가 가끔 하시던 말이 문득 떠올랐기 때문이었다.

"어머니에게 효도해라.

116

어머니와 형제들과 함께

　지금도 아버지의 그 말이 가끔 내 가슴에 울릴 때가 있는데 그때마다 그날, 섬을 떠나기 전날 밤에 부모님 방에서 잠을 잤던 기억이 생생하다. 더구나 다음 날 아침에는 유독 육지로 가는 발길이 잘 떨어지지 않았었다.

　하지만 학교도 가야 했고 육지 친구들을 먼저 보낼 수도 없는 형편이었기 때문에 그대로 집을 나왔지만 이상하게 그날따라 발걸음이 무거웠던 건 아버지의 교감신경이 나를 붙잡았던 것 같아 아버지께 더욱 송구스럽고 안타까웠다.

　만일 그날 내가 집에 머물렀다면 아버지가 그 재앙에서 벗어날 수 있었을지도 모른다는 생각이 들기 때문이다. 너무 얼토당토않은 비약인가?

그래도 나는 그날 이후 내 마음에 어떤 작은 울림이 있으면 마음이 시키는 대로 한다. 특히 사람을 만나는 일이나 큰일을 결정할 때 불쑥 스치는 마음의 걸리는 것이 있다면 일단은 다시 한번 챙겨보고 한 템포 늦추었다가 결정한다.

멀쩡한 길을 가다가 간판이 떨어져 목이 부러져 죽은 사람이 있었다. 어느 누구도 운명 앞에서는 장담할 수 없는 게 우리의 인생인지도 모른다. 오직 신밖에는 알지 못한다는 사실이 오랫동안 내 머릿속에서 떠나지 않았던 이유는 아버지의 죽음을 그만큼 받아들이지 못했던 것이리라.

학창 시절

현재의 모습이나 출신이 어떻던 간에
누구든 자신의 삶을 변화시킬 능력을 가지고 있다.
- 오프라 윈프리(미국의 방송인)

아버지께서 돌아가시고 어머니도 섬을 떠나 해남으로
다시 나왔기 때문에 바다는 내 마음에서 점점 멀어져 갔
다. 더구나 고등학생이 되면서 친척의 연고가 있는 청주
로 이사를 하게 되었다.

충북고등학교에 입학을 한 나는 취미 삼아 운동으로
복싱을 시작 했다. 아버지를 잃은 상실감을 달래기 위해
서였을까, 무엇인가 집중할 수 있는 일이 필요했던 나에

게 복싱은 투지와 인내력을 길러주는 아주 좋은 운동이
었다.

　다행히 학교 친구들도 다정하게 대해 주었고, 그 중에
서도 의기투합할 수 있는 친구들을 만나게 되었다. 나라
는 존재를 스스럼없이 받아 주었던 그 친구들로 인해 마
음의 위안을 받게 되었다.

　지금 생각해보면 그 친구들로 인해 내 인생의 목표를
어렴풋하게나마 잡을 수 있었고 지금의 이 자리까지 오
게 된 계기가 되었음을 고백한다. 그 친구들 덕에 서양
음식을 처음 접하고 얼마나 황홀했는지 모른다.

　친구들 중 한 친구는 극장 집 아들이었고 또 한 친구
는 버스운수업을 하는 집 아들이어서 다들 부유하게 살
았다. 어느 날 한 친구의 생일이었다. 친구들을 집으로
초대를 했기에 우리 모두는 그 친구 집으로 몰려갔다.

　생일상에는 생전 처음 보는 음식이 올라와 있었다. 이
름이 돈까스라고 했다. 커다란 접시에 넓적한 고깃덩어
리 위에는 빨간색 죽 같은 것을 두루두루 뿌려놓은 게
무슨 장식 같았다. 돈까스라는 이름도 생소하지만 숟가
락 대신에 칼은 뭐고 갈쿠리는 뭔가? 나는 휘둥그레진
눈을 들어 친구들을 쳐다봤다. 양손에 든 그것들을 나도

길은 언제나 열려있다

따라 들었다. 그리고 친구들이 하는 것처럼 한 손에 든 갈쿠리로는 고기를 찔러 누르고 한 손에 든 칼로는 고기를 썰었다.

'세상에 이렇게 맛있는 음식이 다 있는가….

나는 입 안에 든 고기를 음미하면서 먹었다. 숟가락과 젓가락 대신 포크와 나이프라는 기구도 신기했다. 슬쩍슬쩍 친구들 눈치를 보면서 마치 몰래 훔쳐 먹는 음식처럼 돈까스를 한 조각씩 썰어서 입에 넣었다. 오물오물 씹을수록 고기 맛이 입안에서 살살 녹았다.

돈까스도 귀한 음식이던 고교시절

태어나서 처음 먹어보는 맛이었다. 맛있기도 하면서 참으로 신기하다는 생각을 떨쳐버릴 수가 없었다. 돈까스 조각을 나이프로 써는 동안 내 입안에서는 침이 고였다.

그날 이후 돈까스 맛을 잊을 수가 없어서 서양요리에

눈을 뜨게 됐다. 그리고 그 음식을 만들어보고 싶은 강한 충동을 느꼈던 걸 생각하면 그날의 돈까스가 나에게는 어떤 운명 같은 것이라고 믿게 되었다.

지금이야 돈까스가 흔한 음식이지만 당시 친구들끼리 모여 뭔가를 먹으러 가면 분식집으로 가서 칼국수나 라면을 먹거나 가끔 떡라면으로 호사를 누리는 것이 전부였다. 생일이나 졸업식, 입학식 같이 조금 특별한 날에는 짜장면이 최고의 음식이었다. 하지만 그날 맛 본 돈까스는 내겐 정말 맛의 신세계였다.

짜장면이나 다른 음식들은 먹어도 그저 '맛있다'라는 느낌이었을 뿐 어떻게 만든 것이지? 라는 호기심은 생기지 않았다. 하지만 돈까스는 먹는 순간 요리의 재료와 조리 방법에 대한 호기심이 생길 정도로 나에겐 신선한 충격이었다.

돈까스는 내가 요리에 대한 관심을 갖고 요리 사업에 매진할 수 있게 만든 계기가 된 최초의 음식이었다.

어쩌다 지난 시절의 나를 무심히 돌아볼 때가 있다. 우연히 만난 인연이라고 생각되었던 많은 사람들이 나에게는 분명 귀인이었음을 뒤늦게 깨닫게 될 때가 있다. 그들 중 고교시절에 만났던 친구들이 있어서 지금도 그 친구들을 귀하게 여긴다.

고3에 올라가면서 나는 공부하고는 거리가 더 멀어졌다. 어차피 대학 진학은 포기한 상태여서 운동이라도 하자는 생각이었다. 오전 정규수업을 받고 난 오후시간에는 복싱 훈련을 했다. 다행히 담임선생님까지 배려를 해주신 바람에 오후 수업은 빠질 수 있었다.

운동을 하고 나면 오후 시간이 무료했다. 그때 생각해낸 게 경양식집 아르바이트였다. 경양식 레스토랑이야말로 꿩 먹고 알도 먹을 수 있다는 생각에 스스로 생각해도 기특한 생각이 들었다. 음식도 배우고 돈도 벌 수 있으니 더 이상 바랄 게 없는 것 같았다. 하긴 고3이면 독립할 시기도 된 나이가 아닌가. 그런데 나는 겨우 돈까스나 실컷 먹어보자고 일자리를 찾았으니 철이 없었던 것 같았다.

그래도 일자리를 찾고 나서는 이런저런 생각들이 많아졌다. 우선 고향의 어머니에게 용돈을 받아쓰기도 죄송스러웠고 또 번거롭기도 했다. 더구나 친척집에서 계속 신세를 지는 것도 면목이 없었다.

처음 시작이야 돈까스나 원 없이 먹어보자는 단순한 생각에서였지만 결과적으로는 더 없이 좋은 일자리인 것 같았다. 먹고 싶은 것도 실컷 먹고 돈도 벌고 일석이조가 따로 없었다. 80년대 중반이었던 그 당시는 음악다방이 크게 유행이었다. 지금이야 손안의 오디오라고도 할 수 있을 만치 핸드폰으로도 좋은 음질의 음악을 마음껏 듣는 세상이지만 당시엔 음악을 들을 수 있는 통로는 라디오가 고작이었고 개인용 오디오는 고가의 제품이라 듣고 싶은 음악을 맘껏 듣기가 힘들었다.

당시 음악다방의 dj 부스

그때만 해도 음악 감상은 취미로 내세울 수 있는 가장 고상하고 우아한 장르였다. 세상이 많이 좋아져서 듣고 싶은 음악이라면 얼마든지 들을 수 있는 지금과는 다른 시절이 작 30년 전의 일이었는데 지금 와서 생각하니

길은 언제나 열려있다

아주 오랜 옛날이야기 하는 것 같다. 약간 묘한 기분이 들어 조금은 멋 적고 쑥스럽기도 하지만 그때를 되돌아볼 수 있는 시간을 갖게 되어 다시 한 번 내 인생의 나침판을 검색해 보는 기분도 든다.

내가 일했던 경양식집은 DJ를 따로 고용해 신청곡도 받으며 하루 종일 음악을 틀어주던 곳이라 음악도 들으면서 돈도 벌 수 있었다. 그래서 그 곳은 힘든 일터라기보다 빨리 출근하고 싶은 즐거운 놀이터로 여겨졌다.

경양식집이라고는 하나 그 당시엔 유흥업으로 분류돼 19세 미만은 일할 수 없는 곳이어서 형의 주민등록증을 빌려 일을 해야 했다. 그곳에선 정식 이외에 커피와 간단한 음식을 팔기도 했는데 장사가 꽤 잘됐다.

특히 DJ의 입담이 장사의 흥망을 좌우할 정도로 DJ의 위치는 대단했었다. DJ의 인기에 따라 매상이 정해졌을 정도였기 때문이었다. DJ를 보러 오는 손님들은 물론 직원들까지도 일하다 말고 DJ의 이야기에 정신을 팔아 손님들에게 야단을 맞곤 했다.

가끔은 나 역시 DJ의 입담이나 좋은 음악에 빠져 인생의 달콤함을 꿈꾸어 본 적도 있었지만 그 순간은 잠깐이었고, 나의 목표는 오직 음식 맛에 가 있었던 걸 보면 아무래도 나의 전생은 요리사가 분명했던 것 같다.

가정형편 상 대학은 꿈도 못 꿀뿐더러 공부에는 애초부터 취미도 없었다. 고등학교를 졸업하기도 전에 유흥업소에서 아르바이트를 했으니 졸업을 해 봤자 내가 갈곳은 뻔했다. 군대라도 빨리 다녀와야겠다는 생각을 했지만 나이가 안 차서 1년은 기다려야 할 형편이었다. 다행히 서울 강남의 조그만 호텔에서 사람을 구한다는 말에 무작정 서울로 올라와서 취직자리를 구할 수 있었다. 규모는 작지만 호텔이란 곳에서 일하게 되었다.

내가 어려서 들은 서울은 눈 뜨고 코 베가는 곳이었다. 그러나 서울 역시 사람 사는 곳이고, 사는 형편이나 인심도 마찬가지라는 것을 알았다. 내가 맡은 소임을 열심히 하면 되는 것이었다. 물설고 낯선 서울 땅에서 살면서도 별로 힘들고 어려운 일도 없이 잘 적응하고 있을 때였다. 아는 동생한테서 연락이 왔다.

"형! 나도 서울에 있어요. 피자집인데 놀러 한번 와요."

나는 피자집이라는 말에 금방 현혹되었다. 어떻게 하든 동생을 한번 만나봐야겠다는 생각에 시간을 내서 찾아갔다.

이미 돈까스라는 새로운 맛에 놀라고 새로운 음식에

많은 흥미를 가지고 있던 나는 그 동생이 일한다는 피자 집 보다는 피자라는 음식이 궁금했다. 생각보다 빨리 찾아왔다는 생각을 하는 듯 동생은 몹시 반기며 지금 있는 곳은 어떤지, 월급은? 해가며 이것저것 따져 물었지만 나는 피자가 무슨 맛인지, 어떻게 생긴 건지 피자에 대해서만 물었다. 그래서인지 동생은 아예 피자 한 판을 내다가 보여주었다.

피자를 처음 보고 느꼈던 충격은 돈까스를 보고 놀랐던 신선한 충격과는 또 다른 신비감이 있었다. 맛도 맛이지만 우리나라의 빈대떡 같기도 한, 둥근 모양에 크기는 쟁반만한, 그 위에 각양각색의 채소와 양념들이 아름답게 수를 놓은 듯 펼쳐져 있었다.

도대체 무엇들이 저 속에 있는 걸까? 나는 신기해서 눈이 뚫어져라 피자의 모양새를 요리조리 살폈다. 동생은 내 호기심어린 눈동자가 더 신기했는지 피자에 대한 설명을 늘어놓았다.

"이 피자는 이탈리아가 본고장이야. 여기 들어간 채소들은 모두 고가품이고 그래서 가격이 비싼 거야. 우리 같은 보통 집 식탁에서는 잘 먹지 못하는 재료들이 많아…."

나는 동생의 말이 귀에 들어오지 않았다. 피자 한 조각을 입에 물자 입 안에 착 달라붙는 맛이 담백하면서도 상큼했다. 엿가락처럼 늘어진 치즈의 맛은 약간 비위가 상했지만 입안에서는 받아들였다.

아무래도 그때, 그 순간, 나는 피자에 푹 빠져버렸던 게 분명했다. 돈까스는 새로운 음식이긴 했어도 돼지고기라는 그나마 익숙한 재료를 품고 있었지만 피자에 들어간 치즈나 여러 가지 재료들이 어울려 내는 맛은 독특하고 처음 느껴보는 맛이어서 나의 호기심을 더욱 자극시켰다.

그날 밤 내 머릿속은 그렇게 비싼 피자를 만들려면 재료는 얼마나 들어갔는지, 그 재료들은 어떻게 혼합한 건지, 불에다는 얼마나 어떻게 구워야 하는지에 대한 생각으로 가득 찼고 피자에 대한 궁금증과 상상력으로 밤을 지새웠다.

당시 파출소에 근무하는 낮은 직급의 경찰공무원 월급이 십 몇 만원 정도였고 대기업 대리급이라고 해봐야 월급이 50만원 내외의 수준이었던 것으로 기억된다. 그런데 피자 한 판이 고급 레스토랑에서는 만 팔천 원에서 이만 삼천 원 정도의 가격이었고 80년대 중반에 들어온

체인점에서도 팔천 원 이상 하는 중상류층에서나 먹을
수 있는 고가의 음식이었다.

그때 머릿속에서는 "아! 이것이구나"라는 외침이 맴돌
았다. 그 길로 일하던 호텔을 그만두고 아는 동생이 일
하던 그 곳에서 일을 시작 했다. 주로 배달 일을 했는데
그것이 짧지만 강렬했던 나와 피자와의 첫 인연이었다.
그렇게 일을 하는 사이 입대일이 가까워져 오고 있었다.

입대 전 잠깐 휴식도 취할 겸 청주로 다시 내려가 있
는 동안에도 그냥 시간을 보내는 것이 아까웠다. 그래서
경양식집을 찾아가 취직을 했다.

그곳 경양식집 사장은 젊은 사람이어서 가끔 나에게
조언도 해주고 말동무도 했다. 어느 날 젊은 사장이 나
를 뚫어져라 쳐다보더니 한마디 툭 던졌다.

"자네는 음식장사를 하면 잘 하겠어."

나는 귀가 솔깃해서 사장을 재촉하듯 다음 말을 기다
렸다.

"앞으로는 음식 장사가 괜찮아. 나중에 음식점을 한번
해봐!"

내 반응이 너무 진지하게 보였는지 잘 해보라는 격려
까지 해 주는 것이었다. 마침 서울에서 피자와의 운명적
인 만남을 한 나에게 그 말은 내 심중에 깊이 박혀서 자

131

주 혼잣말로 중얼거렸다.

'그래, 40대 중반쯤엔 나도 2~3개쯤은 가져야지. 레스토랑이 나한테는 잘 맞는 거야.'

비록 맛있는 음식이나 실컷 먹어보자는 소위 잿밥에 관심이 있어 시작한 일이 평생의 업이 되리라고는 사실 그때는 생각조차 할 수 없는 어린 나이였지만 그 때의 그 결심 때문에 군대에 입대하기 전까지의 식당일은 나에게 즐거운 여가선용이 되었다.

산으로 가는 길

바람이 불지 않을 때
바람개비를 돌리는 방법은
내가 앞으로 달려 나가는 것이다.
– 데일 카네기(미국의 철강왕)

산으로 가는 발걸음이 멈칫멈칫 제자리걸음을 한다.
아하! 봄도 산을 오르고 있음을 깨닫는다. 개나리가 피
었다 싶으면 산수유가 방긋 웃고 몇 걸음만 내딛어도 벚
꽃, 살구꽃, 복숭아꽃이 서로 앞 다퉈 두 손을 벌리고
길을 막는다. 꽃 잔치를 그냥 지나칠 수는 없는 일, 나
는 걸음을 멈추고 꽃구경에 정신을 빼앗겼다가 다시 걸
음을 재촉한다.

133

머지않아 연둣빛 나무들은 초록으로 빛날 것이다. 뽕잎도 그 빛을 발하리라. 뽕잎을 떠올리자 눈앞에 나무들이 통 뽕나무로 보인다. 아니 뽕뜨락으로 보인다. 희죽거리며 삐져나오던 웃음이 터져 나와 나도 모르게 얼른 입을 꾹 다문다. 옆으로 지나치던 등산객들이 흘깃흘깃 쳐다보는 걸 보면 아무래도 나도 모르게 입이 반쯤은 찢어졌음이 분명하다.

쳐다보라지 뭐, 생각만 해도 좋은 걸… 멈췄던 걸음을 성큼 떼면서 산 정상을 향해 걸음을 재촉한다.

어느 누가 시련과 고통을 위대하다고 했는지는 몰라도 나는 내가 겪었던 시련과 고통을 과찬하고 싶은 생각은 없다. 다만 내가 통과해야 할 길이라면 어떤 고난도 참고 견디며 가야 된다는 생각뿐이었다. 그 길은 쉬지 않고 흐르는 강물과 같아서 멈추면 어느 개천가에 썩은 물로 고여 있을지 모른다는 생각이어서 어떤 상황에서도 멈출 수가 없었다.

막다른 낭떠러지에 서 있을 때나 앞이 보이지 않는 사막 같은 길 위에서도 길을 잃지 않고 살아남을 수 있었던 힘은 오직 나 자신을 믿는 용기였다. 하면 된다, 끝까지 가보자, 길은 어디든 통하게 되어 있다. 나는 절대 포기하지 않았다. 실패는 성공의 어머니라는 말을 믿었고, 역경은 돈 주고도 살 수 없는 경험이라고 받아들였다. 그때마다 나는 길을 걸었고, 그 걸음은 동네 골목에서 오솔길로, 그 오솔길은 자연스럽게 나를 산으로 인도했다.

산은 내 아픔을 씻어주고 달래주면서 용기를 북돋아주는 나의 스승이자 나의 믿음이며 신조였다.

이제는 일상이 되어버린 나의 산행은 하루의 시작이고 하루의 목표달성을 위한 통과의례나 마찬가지이다.

오늘은 프랜차이즈 가맹점을 한 점포 더 늘리는 날이다. 하지만 산 정상을 올라갔다 내려오기 전에는 안심이 안 되기 때문에 걸음을 빨리 했다.

오늘따라 마음은 바쁜데 꽃들이 자꾸만 놀다 가라고 걸음을 막는다. 그 또한 내게는 축복임을 알기에 그냥 지나칠 수가 없는 것이다.

나무를 좋아하고 꽃을 좋아했던 적은 없었다. 그런데 걷는 일을 업으로 삼고 매일 길을 찾아다니다 보니 내 눈에 꽃이 보이고 나무가 보이기 시작했던 것이다.

그러다 어느 때부턴가는 산에서 만난 자연의 모든 사물들이 내 눈 안에 들어와 있는 걸 깨달았다. 그때부터 꽃이 방긋 웃는 것 같고, 나무는 다정스럽게 반겨주는 것 같았다. 아니, 그뿐이 아니었다. 자연의 모든 사물들이 아름답게 느껴졌다.

아마도 그 때문에 양평에서 만났던 뽕나무가 예사롭게 보이지 않았나 싶다.

길은 언제나 열려있다

나를 키운 군대생활

스물세 해 동안 나를 키운 건 팔할이 바람이다.
세상은 가도가도 부끄럽기만 하드라
- 서정주 〈자화상〉 중

지금은 고인이 된 서정주 시인의 '자화상'이란 시를 읽
으면서 주먹을 불끈 쥐었던 기억이 있다. 시인을 키운
건 팔 할의 바람이었다면 나를 키운 건 바로 3년 동안의
군대생활이었음을 그 순간 깨달았던 것이다.
 군 생활을 하는 동안 천리행군을 세 번이나 했다. 발
바닥에 물집이 잡히면 바늘에 실을 달아 물집에 끼워 물
집에 찬 물이 실을 따라 빠지게 해 놓고, 언 땅을 파헤
치고 자리를 마련해 잠을 잤다.

수통에 채워 놓은 물은 걷는 중에도 얼기가 일쑤였다. 지금 생각하면 그런 날씨에 지붕도 없는 곳에서 잠을 자고도 얼어 죽지 않은 것이 신기하고 내 자신이 대단하다고 느껴진다.

강아지새끼처럼 웅크리고 자다가 해가 뜨면 다시 일어나 추위에 굳은 몸을 힘겹게 일으켜 세웠다. 그리고 이십 킬로그램이 넘는 군장을 메고 다시 수십 킬로미터씩 걸었다. 그렇게 걸으면서도 한 번도 '힘들다'는 생각을 해 본적이 없었다.

엉뚱하게도 머릿속에는 우리 집은 왜 가난한가, 어머니는 왜 계속 고생을 하셔야 하는가? 라는 생각만이 꼬리를 물었다. 그 꼬리의 끝은 언제나 우리 가족이 겪고 있는 가난에 걸렸다.

나는 그 가난을 반드시 파계하고 말겠다는 각오를 매일 다지면서 군대생활에 적응해 갔다.

그때마다 나를 구원해 준 건 고된 훈련이었다. 천리행군을 무사히 마치고 돌아오는 날이면 이상한 기류가 내 몸에 넘치는 것 같았다. 그것은 나는 뭐든지 할 수 있다는 자신감이었던 것이다.

고된 훈련을 마치고 돌아와 밤에 눈을 감으면 가족의 경제적 곤란이 더욱 절실하게 느껴졌다. 군대만 제대하

138

면 무엇이든 해야 한다, 무엇을 할 수 있을까, 끊임없이 머릿속에 떠오르는 것은 음식사업과 요리에 대한 생각뿐이었다.

그래도 군대 오기 전 짧은 기간이었지만 음식점에서 일 해본 경험이 촉매제 역할을 헤 주었기 때문에 내 꿈을 좀 더 구체적으로 끌어갈 수가 있었다.

나는 오직 요리에만 관심이 있기 때문에 사업구상은 당연히 먹는 장사였다. 일단 음식장사를 하면 배고플 일은 없을 것이라는 생각에 이르면 스르르 잠이 들 정도로 마음이 편안해 졌다.

다음날 새벽같이 일어나 고지 능선에 진지를 구축하는 작업도 거뜬히 해냈다. 뗏장을 떼다가 마사토를 섞어 움막 같은 진지를 지었는데 고립된 산중에서 그런 열악한 재료들로 집을 짓는다는 것이 처음엔 말이 되나 싶었다.

군대니까 가능한 일이었고, 군인정신이었으니까 모든 걸 해낼 수 있었다. 사회의 시각으로 보면 비합리적이기도 하고 우격다짐식의 작업이 아니었던가. 하지만 최전방 철원에서의 진지작업은 전쟁이 나면 자기가 죽을 곳을 짓는 것을 의미하는 일이다. 그런 생각을 하면 두렵기도 했지만 짓고 나면 뿌듯함도 느낄 수 있었다. 군필자만이 알 수 있는 기분일 것이다.

139

내가 근무했던 부대는 북한과 가장 가까운 철원의 민통선 내에 있어서 10년에 한 번씩 철책을 세우는 작업도 해야 했다. 철책을 아예 제거하고 새로 세우는 작업이 아니라. 있는 철책을 놔두고 새로 세우는 작업이라 새로 철책을 세우는 지역의 지뢰를 먼저 걷어내야만 하는 위험한 작업이 선행되어야 했다.

때로는 장마로 불어난 강물에 지뢰가 떠내려 오기도 해 위험한 순간도 있었다. 그런 혹독하고도 힘든 군대 생활은 내게 삶의 성찰을 가져다주었다.

어머니의 바람대로 군대에서 철이 들게 된 것이다. 그런데도 어머니께 죄송한 마음을 버리지 못해서였는지 군대얘기만 나오면 떠오르는 사람이 한 명 있다.

육사출신의 박 모 대위가 바로 그 사람인데 고마워서 기억이 나는 것이 아니라 씁쓸했던 기억으로 기억되는 사람이다.

한번은 해남에서 철원까지 꼬박 하루를 걸려 어머니가 면회를 오셨다. 주말에만 면회가 가능한 절차를 모르셨던 어머니는 평일에 면회를 하시겠다고 찾아 오셨던 것이다. 그런데 면회를 오신 어머니와 나 사이에 가로놓인 장벽이 생겼다. 마치 38선을 가로지른 철책선이 남과 북을 막고 있듯이 바로 박 모 대위라는 상급자가 그 역할

을 담당하고 나섰다. 물론 원리원칙을 따진다면 박 대위
의 처사가 맞지만, 그래도 나는 그 당시에는 그 박 대위
가 북한에서 온 장교 같았다.

비록 면회가 허용된 날은 아니었지만 멀리서 오신 어
머니를 배려해 주면 안 되는가, 싶어 몹시 서운했다. 더
구나 어머니의 딱한 면회를 예외로 받아주자는 의견도
나돌았기 때문이었다.

예외를 두자, 규정에 따라야 한다 등의 의견이 인사계
에서 분분한 가운데 박 대위의 강력한 반대로 어머니와
나의 면회가 이뤄지지 않았다는 이야기를 들었을 때는
분통이 터졌다.

어떻게 사람의 마음이 그렇게 야박할 수가 있는가, 같
은 군인으로서 그만한 아량도 베풀 줄 모르는 사람이 무
슨 장교며 무슨 상관인가, 인정머리 없는 박 대위가 너
무 미워서 오랫동안 그 서운함이 가시질 않았다.

사실 그 당시는 '울타리 하나만 넘으면 어머니를 볼
수 있는데'라는 생각에 울컥해서 주먹을 불끈 쥐었지만
그만 참았다. 생각해 보니 그런 행동은 결국 나쁜만 아
니라 어머니를 포함한 가족에게 해가 될 것 같았다. 다
만 장벽 너머 그 먼 길을 오셨다가 아들의 얼굴도 한 번
못보고 돌아서야 했던 어머니의 흐느낌만을 느낄 수 있

었다. 핏줄의 교감으로 어머니를 생각하는 내 마음도 어머니께 전해졌으리라 믿을 뿐이었다.

며칠 후 동기와 같이 외출을 나가게 됐는데 시내를 걷던 도중 어디선가 당시 유행하던 김혜림의 'D.D.D' 노래 소리가 들렸다. 마침 공중전화 박스가 보여서 단숨에 그곳으로 달려가 동전을 넣고 어머니에게 D.D.D 전화를 했다.

다이얼을 돌리는 내 손이 떨렸다. 어머니 목소리를 아직 듣지 않았는데도 가슴이 뜨거워졌다. 해남에서 철원까지 그 먼 길을 오셨다가 면회도 못하고 가신 뒤의 첫 통화였다.

전화 벨소리가 따르릉 따르릉 하고 울리는 데 그 소리를 듣는 내 마음은 진정이 되질 않았다. 긴 통화 연결음 끝에 어머니가 전화를 받으셨다.

"여보세요"

어머니 목소리가 아직 들리지도 않았는데 나는 겨우 한마디 하고는 목이 메어 더 이상 목소리가 나질 않았다. 어머니는 아들의 목소리를 단 번에 알아들으셨는지 다그치셨다.

"왜 그러니? 힘드니?"

어머니의 다소 떨리는 목소리에 나도 목이 메어 아무 말도 할 수 없었고 내 흐느낌이 들릴까봐 전화를 끊어야 했다. 그때는 왜 그렇게 울음이 쏟아졌는지….

자금 생각해보면 아무리 고된 군생활도 용감하게 잘 이겨내야 한다는 심적인 부담이 있었던 것 같다. 그와 동시에 어머니의 그 품이 그리웠던 것도 사실이리라.

오래전 일이지만 따뜻한 어머니 품에 안겨 실컷 울고 나면 가슴이 후련해 질 것 같은 그런 아련함도 있었기 때문에 어머니라는 말 한마디 못하고 그냥 전화를 끊었던 것이라고 기억될 뿐이다.

고등학교를 졸업하고 입대를 결심한 것은 어머니의 생각에 따른 것이었다. 부끄러운 기억이지만 나는 학교를 다니면서 크고 작은 사고를 많이 치고 다녔다.

한 번은 어머니가 형님한테 보낸 우편환을 중간에 내가 몰래 찾아서 친구들과 흥청망청 유흥비로 써 버렸던 일이 있었다.

나중에 혼날 것을 예상 못한 것은 아니지만 막상 돈을 쓸 때는 아무 생각이 없었다. 집을 나와 친구들과 즐긴 일주일간의 비행 환타지아는 돈이 떨어짐과 동시에 막을 내렸다.

143

돈을 다 쓰고 집으로 들어가자니 죄책감과 혼날 것에 대한 두려움에 발길이 떨어지지가 않았다. 날은 어두워지고 차마 집에는 못 들어가겠고 골목길만을 몇 번이고 왔다 갔다 맴돌았다.

그렇게 철이 없던 내게 군대를 갔다 오면 너도 철이 좀 들지 않겠냐고 하시던 어머니의 말씀에 입대를 결심하게 된 것이다. 내가 입대할 당시에 형도 복무 중이어서 사실상 나는 집에 남아서 막내 여동생을 책임져야 하는 상황이었다. 그리고 어떤 어머니가 자식을 군대에 보내고 싶었을까.

하지만 어머니는 당시 철없이 굴던 나를 보시면서 홀어머니 자식이라 버릇없이 자랐다는 소리가 듣고 싶지 않으셨을 것이다. 당연한 말 같겠지만 지금도 나는 하루에도 몇 번씩 어머님 없이 지금의 나는 없다는 생각을 한다.

군 입대 전 학교를 다닐 때도 용돈이 필요하다고 하면 언제든 기꺼이 어머니는 돈을 내주셨다. 그 때문에 철이 없던 나는 입대 전만 해도 집안이 그렇게 어려운 형편인 줄 몰랐다.

그저 아버지가 돌아가시고 삼마도를 떠나면서 정리한

재산이 아직 좀 있구나 생각했을 뿐이었다. 그러다 어머니가 그렇게 말없이 내어주던 용돈들이 다 빚으로 얻어진 여유였다는 것을 휴가를 나와서야 비로소 알게 되었다.

강원도 철원 철책선 안에서 30개월을 군 복무하면서 많은 생각을 하게 됐다. 특히 힘들수록 머릿속은 복잡해지고 생각은 꼬리를 물었다.

어머니와 형님, 동생, 가족, 가족사, 특히 우리 가족의 가난에 대해서 많은 생각을 하게 되었다.

어쩌면 군대는 나를 구렁이 새끼로 길들였는지도 모른다. 그래서 이무기가 된 것은 아닌지….

그냥 웃자고 해 본 소린데 해놓고 보니 상당히 설득력이 있는 것 같아 걸러내지 않고 솔직한 심정을 여기에 털어놓고 만다. 혹여 정신 나간 놈이라고 비웃어도 어쩔 수 없는 일이다. 어차피 자전적 에세이다보니 미주알고주알 있는 그대로 몽땅 털어놓고 싶은 심정이다.

상경

직업은 생활의 방편이 아니고,
생활의 목적이다
- 오귀스트 로댕(프랑스의 조각가)

마지막 군대 밥을 먹고 부대에서 나오는 발걸음은 가볍지 않고 무거웠다. 제대할 날을 손꼽아 기다렸던 시간들이 주마등처럼 흘러갔다. 막상 이제부터 시작이라는 생각을 하니 눈앞이 아득했다. 어디서부터 어떻게 시작해야 할지, 어디로 가야 할지 막막하기만 했다. 군 생활 내내 요리와 음식사업에 대한 생각만 했었지 구체적인 계획이 없었던 것이다.

147

당장 갈 곳도 없는 처지에 사업 자금은 고사하고 주머니에는 2만 원도 채 안 되는 제대비가 전부였다. 군 생활 동안 팽팽히 당겨졌던 고무줄 같던 긴장감이 일시에 끊어지면서 가슴에 품고 있던 강한 목표의식마저 사라진 듯, 말 그대로 현실 속으로 갑자기 내던져진 기분은 당혹스럽기만 했다.

어머니, 불현듯 어머니가 보고 싶었다. 그래, 집으로 가자. 나는 서둘러 고향 가는 해남행 반값 기차표를 사서 기차에 올랐다.

막연하지만 어머니를 만나러 간다는 생각은 불안했던 마음을 안정시켜줬다. 어머니를 떠올리기만 해도 위로가 된다는 것을 그날 새삼 깨달았다.

그러나 집안에 들어선 나를 반겨주시리라 믿었던 어머니의 표정에 어두운 그림자가 비쳤다. 어머니의 그런 표정에 나는 가슴이 철렁 내려앉았지만 일부러 어머니께 어리광을 부렸다. 하지만 역시 어머니의 반응은 차가웠다.

"이삼일 쉰 다음 너는 서울 가서 살아라!"

몇 년 만에 고향에 온 아들에게 들려준 어머니의 첫 말은 나를 적잖이 당황하게 했고 그런 말을 하는 어머니

길은 언제나 열려있다

가 낯설게 느껴졌다. 등을 떠미는 어머니가 그때는 야속
하기도 했다. 하지만 동시에 어머니의 그 간절한 말 속
에 담긴 뜻을 금방 이해할 수도 있었다. 군대에서 받은
힘든 훈련들이 나를 강하게 만들어주었고 길잡이로서 나
를 인도해 주는 것 같았다.

그렇다고는 하지만 고향집에 온지 3일 만에 집을 떠나
야 했던 내 처지는 처음 집을 찾아왔을 때나 별로 달라
진 게 없었다. 당장 갈 곳도 없는 형편이 아닌가.

답답한 마음에 해남읍으로 발길을 돌려 어슬렁거리고
다니다 막내 외삼촌을 만났다. 얼마나 반가운지 나는 금
방 구세주라도 만난 듯 반가웠다.

막내 외삼촌은 외할아버지가 재가를 하여 늦게 낳은
아들로 어머니의 이복동생이었다. 나와 나이가 같았고
오히려 생일은 내가 약간 빨랐다. 비록 관계로 보자면
손 위의 어른이었지만 어릴 적부터 친구처럼 형제처럼
친하게 지냈고 같은 부대에 입대해 제대도 동시에 같이
한 동기였다.

그런 외삼촌과 나는 밤새도록 술을 마시며 앞으로 뭘
해 먹고살아야 할지에 대한 고민으로 이야기는 끝이 없
었다. 결국 술에 잔뜩 취한 우리는 거리를 헤매다 버스

정거장에서 아무렇게나 쓰러져 자게 되었고, 다음 날 깨어 서로의 얼굴을 보면서 웃었던가? 아니 나는 울상이 되었던 것을 똑똑히 기억한다. 그때 외삼촌이 내 등을 감싸줬다.

"우리 이렇게 자포자기해선 안 되겠다. 일단 여길 떠나자. 당장 서울로 올라가 일을 찾자."

외삼촌의 용기에 나도 힘이 솟았다. 아직 젊은데 무엇인들 못할까. 그 힘든 군대생활도 거뜬히 해냈는데…. 아마 그때부터 군대생활을 약발로 써먹기 시작했던 것 같다.

우리는 입고 있는 그대로 해남을 떠나는 데 의견일치를 봤다. 사실 짐을 제대로 꾸릴 새도 없었지만 챙겨갈 옷가지 한 벌도 제대로 없는 형편을 서로가 잘 알고 있었기 때문에 우리 두 사람은 금방 의기투합하여 서울 행 반값짜리 기차표를 끊을 수 있었다. 무작정 기차에 올라서 자리를 찾아 앉았다. 놀랍게도 그 순간 마음이 평온해졌다. 뭔가 막연하지만 그래도 서울에 가면 할 일이 있을 것 같은 기대감에 불안한 마음도 사라져버렸다.

서울역에 당도해서야 나는 내 옷차림에 아연해 할 수

밖에 없었다. 청바지에 2천 원짜리 흰 면티 하나 만을 걸치고 있었기 때문이다.

주머니에는 6천7백 원이 전부였다. 우리는 아무 계획이 없었기 때문에 무조건 입주해 숙식을 해결할 수 있는 일터를 찾는 게 우선이었다. 반나절을 헤매고 돌아다니다 불광동에서 교회를 짓는 현장을 찾아갔다.

다행히 막 짓고 있던 그 교회의 집사님의 도움으로 막노동 일을 시작하게 되었지만 잠자리가 문제였다. 별 수없이 골조만 세워진 현장에서 밤하늘의 별을 보며 먼지를 이불 삼아 웅크리고 잠을 청했다.

그때가 7월 말쯤이었으니 모기가 한창 기승을 부릴 때였다. 아무리 중노동에 지친 몸이었지만 막무가내로 덤벼드는 모기떼들에겐 당할 수가 없었다. 잠은커녕 몸에 들러붙는 모기들과 사투를 벌이다 지쳐 새벽녘이나 되어 기절하듯 자고 일어나면 모기에 물린 자국들로 온몸이 빨갛게 울퉁불퉁 부었다.

그래도 다행히 하루 일당이 2~3만 원 정도는 되었는데 당시의 우리에겐 꽤 큰돈이었다.

며칠 일을 해서 둘이 모은 돈을 합쳐 여인숙에 방을 잡고 노숙은 면할 수 있었다.

비록 때가 묻어 시커먼 벽지에 장판은 다 일어나 있는 작은 방이었지만 노숙을 하던 우리에겐 이것저것 따질 때가 아니었다. 지붕도 있었고 창문을 닫으면 모기도 피할 수 있었다. 무엇보다 좋았던 것은 공동으로 쓰는 곳이지만 화장실과 세면장도 있었다는 점이다. 게다가 일을 마친 후에는 숙소로 오는 길목에 시장도 들러 삼겹살에 소주 한 잔도 마실 수 있게 되었으니 그때는 그것만으로도 행복했었다.

갓 제대한 사회 초년생에다 막노동판에서 일하느라 늘 청바지에 티셔츠 차림인 우리들은 영락없는 부랑자로 보였을 것이다. 더구나 시장통에서 술까지 먹고 잠은 여인숙이니 남들이 보기엔 한심하기 그지없었을 것이다. 그러나 나는 아무 불만도 없었고 오히려 얼마나 다행이냐 싶은 마음에서인지 가슴은 늘 뿌듯했다.

오히려 우리를 구해준, 우리가 공사장에서 일을 할 수 있게 주선해주신 그 교회 집사님이 고맙기만 했다. 더구나 그 집사님은 우리를 걱정해 주었고 고생한다고 격려도 해 주어서 심적으로도 큰 도움이 되었다.

그러나 공사장 일이 마무리 단계에 들면서 우리는 다른 일자리를 알아봐야 했다. 마침 외삼촌은 친구가 마련

152

길은 언제나 열려있다

해준 레코드회사에 취직을 하게 되어 먼저 공사장을 떠났다. 나 역시 다른 곳을 알아봐야 할 처지였지만 차일 피일 미루다 공사장 마무리가 며칠 남지 않게 되어서 다른 일자리를 급히 찾게 되었다.

지금처럼 인터넷 검색으로 일자리를 알아보고 전화로 이것저것 물어볼 수도 없던 시절이라 일자리를 알아보려면 여기저기 직접 돌아다니는 수밖에 없었다. 며칠 발품을 팔아가며 돌아다녀 봐도 마땅한 곳이 찾아지질 않았다.

그렇다고 공사 현장만을 다니며 막노동을 계속할 수도 없는 노릇이었다. 그날도 여기저기 걷다가 별 소득 없이 불광동에 있는 숙소로 돌아오는 길이었다.

취직 걱정 때문에 코가 석자인데도 지나다가 경양식집을 지나칠 때면 이상하게 눈이 가며 기웃거려졌다. 그날도 우연히 '카이저'라는 호프집이 눈에 띄어 멈추었는데 불쑥 용기가 생겼다.

나는 무작정 문을 열고 들어가 이곳에서 일을 할 수 없겠냐고 물었다. 다행히 군 입대 전 레스토랑을 비롯해 비슷한 업종에 일을 해본 경험이 통했던지 바로 내일부터 나와서 일을 하라는 말에 나는 두 손을 모았다.

'감사합니다!!'

숙소로 돌아오는 발걸음은 가벼웠고 내 입 속에선 계속 '감사합니다'가 쏟아져 나왔다.

길은 언제나 열려있다

돈까스와 피자집

희망은 그것을 추구하는 사람을
결코 내버려두지 않는다.
- 존 플레처(영국의 극작가)

호프집 일을 시작하면서 내 가게를 가져야겠다는 목표
가 뚜렷이 세워지기 시작했다. 일은 창의적인 것도 아니
고 막말로 주방장 보조나 서빙하는 일이라 공사판 막노
동에 비하면 누워서 떡먹기나 마찬가지여서 늘 '룰루랄
라' 신바람이 날 정도로 기분이 좋았다.

나는 내 가게에 대한 꿈이 있었기 때문에 무슨 일이든
지 적극적이었다. '내 가게다'라는 주인의식이 내 안에
자리를 잡고 있기 때문에 일은 더 재미있었다. 사장님도

155

내 근무 태도에 만족을 한 듯 6개월밖에 지나지 않았
는데 주임으로 승진을 시켜줬다. 내 인생 최초의 승진
이었다.

일에 재미를 붙여서 더욱 열심히
일을 하면서 내 목표는 좀 더 구체
적으로 자리를 잡아가기 시작했다.

내 가게를 갖는 일도 중요하지만
무슨 장사를 하느냐가 더 중요했
다. 일단은 먹는 장사로 목표를 세
우고, 더 구체적으로는 음식점이라
는 분류에 동그라미를 그렸다. 그
안에다 음식 종류를 그려 넣어야
했다. 그러나 내가 아는 건 군대에
가기 전 알바로 일했던 돈까스와
피자 정도여서 고민이 앞섰다.

본격적으로 요리와 주방일을 배우던 시절

음식장사를 제대로 하려면 여러
분야의 음식을 이것저것 접해 봐야겠다는 생각에 이르자
당장 호프집을 그만둬야 했다. 그리고 본격적으로 다양
한 직업전선에 뛰어들었다. 닥치는 대로 처음에는 태릉
의 식당, 방배동의 스테이크 집, 강화에 있는 호텔 등을

길은 언제나 열려있다

옮겨 다니며 실무도 익히고 경력을 넓혀갔다.

그러다 1989년에 피자집을 처음 개업한다는 사장님을 알게 되어 그 곳으로 직장을 옮기게 되었다. 내가 처음 피자를 만났던 80년대 중반과는 상황이 많이 달라져있었다.

엄청난 고가였던 피자가격이 그때에 비해서는 비교적 저렴해져 많은 사람이 피자를 찾게 됐다. 나는 욕심을 내서 일을 했다. 내 가게처럼 내 손님들이 먹는 피자라고 생각하면서 최선을 다 해 피자 맛에 신경을 썼다.

나의 노력은 손님들에게 인정을 받게 되었고 가게는 자연히 매상이 올랐다. 나의 열정은 피자마다 새로운 맛을 가미했다. 또 다른 피자 맛을 구상하고 머릿속에 그리면서 여러 방면으로 시도를 해봤다. 그래서인지 가게는 날로 번성했고, 사장님 역시 내 등을 두들겨주고 주위 사람들에게 내 칭찬을 아끼지 않았다.

"저 놈은 뭐가 돼도 될 거야"

'칭찬은 고래도 춤추게 한다'라는 책도 있듯이 나는 사장님의 칭찬에 매일 춤을 춘 것이다. 솔직히 내가 가진 피자에 대한 경험이라고 해 봐야 입대 전에 잠시 피자가게에서 일 한 것과 이 가게에서 경험한 1년이 전부였다.

하지만 이런저런 음식들을 접하며 쌓은 다양한 경험들이 녹아들었던 것 같다. 나는 늘 새로운 맛을 내기 위해 새로운 재료들을 피자에 가미해 보고, 피자 맛에 대한 시식을 게을리 하지 않은 결과였으니 사장님의 입장에선 내가 대견해 보였으리라.

나 역시 그런 사장님 밑에서 일할 수 있었던 건 큰 행운이었다고 생각한다. 온전히 나를 믿고 내 실력을 인정해 주는 주인을 만나 내 실력이 향상시킬 수 있었던 것이다. 살아가면서 나를 알아주고 내 편이 되어줄 수 있는 귀인을 만난 다는 건 행운이고 희망이라는 걸 그때 알게 되었다.

첫 가게를 오픈하다

당신이 만약 참으로 열심히 라면,
뒤로 미루지 말고, 지금 당장 이 순간에
해야 할 일을 시작해야 한다.

— 괴테(독일의 철학자)

군 제대 후 사회생활에 적응해 가면서 여러 직장을 옮겨 다니게 된 지도 몇 년의 세월이 지나게 되었다. 운이 좋았는지 가는 곳마다 인정을 받을 수 있어서 월급도 적잖이 모을 수 있게 되었다.

저축한 돈을 따져보니 음식점 하나는 낼 수 있을 정도였다. 고등학교 시절 돈까스를 처음 먹어보고 막연히 품어왔던 음식장사에 대한 꿈이 이루어지는 계기가 생겼다.

호텔 레스토랑에서 근무하던 고향친구인 연지가 같이 스테이크 가게를 운영해보자고 나를 부추겼기 때문이다. 내가 경험을 많이 했던 피자도 아닌 스테이크라는 점이 마음에 걸렸지만 내 가게를 가져야겠다는 욕심에 스테이크점을 개업하기로 했다.

장마철인데도 날씨 같은 건 안중에도 없었다. 서둘러 신월동에 자리를 잡아 놓고 개업 준비에 들어가자 이런 저런 생각이 많았다.

그날도 비가 부슬부슬 내려서 마음이 심란했다. 개업 날은 열흘밖에 남지 않았는데 장마는 언제쯤이나 끝날지, 제발 개업 날이라도 비가 멈춰주길 바라면서 매일 하늘만 바라봤다.

그러던 어느 날, 문득 다른 스테이크점에서 잠시 근무할 때 알았던 아가씨가 생각났다. 스테이크점이 있던 건물에 근무하던 아가씨였는데 그때부터 계속 알고 지내던 사이였다. 전화를 걸어 가게로 오겠냐고 했더니 바로 오겠다고 쾌히 승낙하는데 갑자기 복잡했던 내 머릿속이 시원해지는 것 같았다. 나는 그녀를 맞을 준비에 신이 났다.

우산을 접고 들어오는 그녀가 다른 날과는 다르게 보였다.

저 여자라면… 마음속에서 이상한 충동이 일었다. 나는 그녀를 의자에 앉히고 마주 앉았다. 그녀는 내 시선이 부담스러운지 눈길을 비가 내리는 창가로 돌렸다. 나역시 덩달아 창가에 내리는 비를 쳐다봤다. 그리고 가슴에 고동치는 심장을 한 손으로 지그시 누르고 다른 한손은 주먹을 쥐었다.

"저, 할 말이 있는데…."

그녀가 고개를 돌려 내 눈을 쳐다봤다.

"지금은 비록 아무것도 없지만 나한테 와줄래?"

내 얼굴이 불에 데인 듯 화끈했다. 그녀의 눈이 동그랗게 커졌다. 아무 말 없이 고개를 숙이는 그녀의 손을 가만히 잡았다.

"아무것도 필요 없으니 몸만 오면 돼. 결혼식은 돈 벌어서 하고 일단 같이 살자."

그녀의 두 손을 내 두 손으로 포개서 힘껏 잡았다. 그녀의 무언에 나는 자신감이 생겼다.

"당장 내일부터라도 함께 살자!"

그녀는 망설임 없이 내 제안을 받아들였다.

38평 정도로 큰 가게 구석에 딸린 2평 정도의 휴게실 용도의 방이 있었다. 우리는 그곳에 전기장판 하나를 깔고 동거를 시작했다.

햇빛도 들지 않고 환풍기 용도로 뚫린 손수건보다 조금 큰 사각의 창이 고작인 두 평도 안 되는 공간이 우리의 신혼 방이 된 셈이다.

그녀는 정말 가방만 하나 달랑 들고 찾아왔다. 아무리 결혼식도 못 올린 딸자식이라지만 장모님의 무관심이 나는 몹시 서운했다. 내가 너무 없는 형편이다 보니 처가 덕이라도 보고 싶은 마음이 있었던 것 같았다.

그때만 생각하면 아내에게는 미안하고 장모님에게는 부끄럽다. 사내자식이 오죽 못났으면 처가 덕을 보려고 했을까. 이제는 다 지나간 과거고 추억이지만 그때 장모님이 이불이라도 한 채 해주었으면 그렇게 서운한 마음은 안 가졌을 것이다. 모두가 내가 없고 못난 탓인 걸 그때는 원망도 많이 했었다.

가게는 원래 칵테일 바를 하던 곳이었다. 호텔 레스토랑에서 일하던 친구가 기술을 투자하고 내가 돈을 투자하는 조건으로 시작했지만 스테이크는 고사하고 하루에 원두커피 한 잔 정도가 매상의 전부였던 날도 많았다. 가게 운영비도 나오지 않아 결국 스테이크 가게를 접게 되었다.

주변 사람들로부터 들어온 '너는 뭘 해도 될 거야'라는 소리만 믿고 준비도 없이 무모하게 시작했던 사업이었다. 한참을 고심 끝에 가게 상호를 '만남호프'로 바꾸고 실내도 호프집으로 개조를 하고 새로 장사를 시작하게 되었다.

처음 호프집으로 업종을 바꿀 생각을 하게 된 계기는 스테이크 가게 앞에 있던 치킨을 팔던 호프집이었다. 별로 특별한 점이 없어 보이던 그 집의 장사가 잘 되는 것을 보고는 내 첫 장사가 실패한 원인은 잘못된 메뉴의 선정이 아니었을까, 하는 생각이 들었던 것이다. 급하게 스테이크집을 개조했으니 처음에는 장사가 잘 될 리가 없었다. 어려운 가게 운영으로 비상대책을 세우지 않을 수 없게 되었다. 가게는 아내가 주로 맡아 운영하게 하고 나는 백화점에 취직을 해서 퇴근 후에야 아내를 도왔다.

장사라는 게 하면 할수록 묘수가 많았다. 밤이면 썰렁하던 가게에 치킨을 좋아하는 학생층이 한두 명 오기 시작하더니 점차 입소문을 듣고 온 학생들이 몰려들기 시작하자 점점 매상이 올랐다. 그러나 그 시절도 잠깐, 또다시 걸림돌에 걸린 것이다.

163

그 당시 노태우 대통령 시절엔 학생들을 상대로 한 심야단속이 있었다. 늦은 시간엔 학생들을 상대로 술을 파는 영업을 할 수 없었던 시절이다.

앞집의 치킨호프집 사장이 우리 가게가 장사가 잘되기 시작하자 그것을 시기해 우리 가게가 미성년자를 출입시켰다고 고발을 한 것이다. 영업정지를 받고 나는 졸지에 식품위생법을 위반한 범법자가 되었다.

아내와 내가 경찰서에 찾아가 사정사정했으나 허사였고 이로써 야심차게 오픈 했던 나의 첫 가게는 우여곡절 끝에 결실을 좀 거두려는 찰나 허무하게 문을 닫게 된 것이다.

영업정지가 꼭 가게를 폐업하라는 명령을 의미하는 것은 아니었지만 장사를 한참 하던 곳이 한동안 문을 닫게 되면 단골들도 끊어지고 잘 찾지 않게 되는 것은 당연한 일이었다. 영업정지가 풀린 후에도 장사를 계속한다는 것은 어려운 일이었고 사실상 폐업하라는 이야기나 마찬가지였다.

1991년 영업정지로 가게의 문을 닫은 채 어렵게 생활을 하고 있을 때 가게로 어머님이 찾아오셨다. 그때 아내는 첫 애를 임신한 상태였다. 그런 아내가 무거운 몸으로 좁은 방에 앉아 인형에 눈을 붙이는 부업을 하며 생계를 꾸려가고 있는 것을 보신 어머니는 방이라도 얻으라고 돈 50만원을 놓고 가셨다.

절망 앞에 갈 길을 잃고 암담한 심정으로 주저앉을 뻔했던 순간이었다. 바로 그때 어머니의 한 마디는 큰 힘이 되었다. 힘내라! 누구나 할 수 있는 말인 데도 어머니의 그 한 마디는 내게 다시 일어설 수 있는 용기를 주었다.

나는 어머니가 주신 50만 원을 몇 배, 백 배, 만 배로 불려서 돌려드리겠다는 새로운 각오를 했다.

가게를 정리하고 어머니가 주신 돈을 보태 신월동에 조그만 연립주택에서 월세 방을 얻었다. 보증금 30만 원에 월세 5만 원의 작은 방으로 이사를 한 것이다.

좁은 방이지만 지하 가게에 딸린 2평짜리 휴게실에 비할 바가 아니었다. 따뜻한 온돌이 있고 화장실이 있는 집을 얻으니 비로소 신혼생활을 하는 것 같아서 행복했다.

살림집을 정리하고 나머지 돈을 모아봤다. 가게를 시작할 때 투자한 돈은 한 푼도 남은 게 없고 겨우 가게 보증금, 그 중에서도 천오백만 원 정도를 건질 수 있었다.

일단은 돈을 좀 더 모아야 될 것 같아서 가게는 미련 없이 접고 직장생활을 결심했다. 다시 찾은 일자리는 대형 피자업체의 외부 공장이었다. 몸을 아끼지 않고 열심히 일한 보람인지 윗사람에게 신임을 얻었다. 가끔 사장님이 큰 가방과 함께 나를 차에 태우고 피자가게를 돌았는데 우연히 가방을 보게 됐다. 가방 안에는 만 원권 지폐가 가득 들어 있었다. 나는 놀라움과 새로운 비전을 발견하게 된 듯 새로운 각오가 용솟음쳤다.

피자가 돈이 된다는 사실의 실제 증거를 목격하게 된 순간이었으니까.

그때부터 나의 롤 모델을 내 직장의 사장님으로 정했다. 사장님은 피자사업을 통해 크게 성공한 분으로 나를 인정해 주셨고 피자에 대한 꿈을 다시 키울 수 있도록 많은 격려로 나에게 자신감을 심어 주었다.

첫 가게의 실패로 크게 꺾였던 나의 자신감이 다시 살아나는 기분이었다.

얼마 후 회사 대표로부터 도우를 잘 만든다는 평가를 받게 되면서 나는 더욱 열심히 일했고, 회사에서는 나의 성실성을 인정받게 되었다.

사장님은 90년도 초부터는 직접 경영을 익힐 수 있는

길은 언제나 열려있다

기회를 주었다. 사장님 곁에서 배워가며 익힌 경영수업
은 지금까지도 나의 사업에 밑거름이 되고 있다.

한 번의 실패는 나에게 좋은 교훈을 남겨주었고, 다시
살아나는 자신감은 다시 한 번 내 가게에 대한 도전에
불을 붙여주었다.

마침내 두 번째 가게를 내기 위해 나는 중대한 결심을
하고 그 시기를 엿보고 있는데 마침 구정의 연휴로 휴점
을 하게 되었다. 나는 그 기점을 놓치지 않고 대기업이
었던 회사를 그만두었다.

가족

우리 살아가는 일 속에
파도치는 날 바람 부는 날이
어찌 한두 번이랴
그런 날은 조용히 닻을 내리고
오늘 일을 잠시라도
낮은 곳에 묻어두어야 한다
우리 사랑하는 일 또한 그 같아서
파도치는 날 바람 부는 날은
높은 파도를 타지 않고
낮게 낮게 밀물져야 한다
사랑하는 이여
상처받지 않은 사람이 어디 있으랴
추운 겨울 다 지나고
꽃필 차례가 바로 그대 앞에 있다

- 김종해 〈그대 앞에서〉

169

A형 같은 O형인 아내는 잘못을 해도 사과할 줄을 모른다. 반면 나는 O형 같은 A형으로 아내가 눈물로 잘못을 감추려고 할 때 마다 이해가 안 돼 화를 낸다.

아내의 성격은 예민해서 고객과의 마찰이 가끔 있었는데 그럴 때마다 내가 나서서 중재를 하곤 했다. 대범할 것 같지만 소심한 아내와는 달리 A형인 나는 어렸을 때는 소심했지만 사회생활을 하는 동안 외형적인 성격으로 바뀌었다.

아내는 지갑에 돈이 있어야 돈이 붙는다며 아침이면 항상 지갑에 용돈을 채워 넣어준다. 결혼해서 지금까지 아내에게 용돈을 타서 써 왔기에 나에겐 카드 한 장이 없다. 그래서 우리부부에게는 비밀이라는 것이 없다.

모든 것을 아내에게 일임하고 투명하게 살아왔는데 어느 날 아내는 재산을 공동명의로 하자는 제안을 했다. 내 모든 것을 주어도 아깝지 않은 아내이기에 모든 것을 일임했다.

"아무것도 필요 없고 몸만 와라" 라는 한 마디에 선뜻 모든 것을 내게 맡기고 와 준 아내가 고맙기도 하고 한편으론 서운하기도 했다.

달랑 이불 한 채만 들고 온 아내와 결혼식도 올리지 않고 동거에 들어간 나를 장모님이라고 예뻐 보였겠는

가. 그러나 형편이 어려웠던 그때의 심정은 장모님이 서운하기만 했다. 얼마나 미웠으면 나 몰라라 하고 우리 결혼생활을 외면하셨을지 지금은 이해가 가기 때문에 장모님을 다시 맞이할 수가 있는 것이다.

생각해 보면 내 입장만 생각했던 것 같다. 한 마디로 철이 없었던 것이다. 솔직히 워낙 어렵게 시작한 사업과 동시에 동거에 들어간 상황이라 처갓집의 도움을 조금은 기대했던 것 같다.

가게 한켠의 작은 휴게실에서 시작된 동거생활이기에 더욱 그런 생각이 들었을 것이다. 그래도 장모님의 입장에서는 당신의 딸인데…. 나야 괜찮지만 미우나 고우나 딸자식인데, 딸이 형편없는 곳에서 오막살이나 마찬가지인 살림을 하고 있는데 잠이나 제대로 주무셨는지….

지금도 그 부분에서는 장모님을 이해하기 힘들다. 어쩌면 당신 혼자 속을 끓이며 가슴을 쓸어내리셨던 건 아닌지. 아무래도 그쪽인 것 같아 안타까운 심정이 들기도 한다. 정말 그렇다면 장모님은 손해를 보셔도 엄청 큰 손해를 보셨기 때문이다.

몸 상하고 마음 상한 일을 그토록 오래 하셨던 걸 보면 우리 장모님의 성격도 보통은 아닌 것 같다. 그래서 가끔 아내를 보면 혹시 장모님을 닮은 건 아닌지 의심이

들 때가 있다. 자기 잘못을 인정하지 못하는 고집스러움 말이다.

속마음과는 달리 말로 표현하는데 인색하다 보니 눈물부터 글썽거리는지도 모른다. 하긴 입 밖으로 내뱉지 못하는 답답함을 참아내려면 당사자의 심정은 오죽할까 싶기도 해서 눈물을 보이는 아내에게 가끔은 그냥 넘어가주기도 한다. 하지만만 그때마다 그런 아내가 답답해 보이기도 하고, 때로는 귀여운 걸 보면 아직도 내 눈에 낀 콩깍지는 여전히 변함없는 것 같다.

나의 진정한 사업파트너는 아내뿐이다. 사업 시작부터 지금까지 우리는 일심동체로 살아왔기 때문이다. 하지만 아무리 부부라지만 사업을 같이 하다보면 이견이 있고 다툼이 있게 마련이다. 그런데도 우리는 그런 면에서는 갈등이 별로 없다.

직접 배달을 하며 장사를 하던 시절에 보여주던 아내의 헌신적인 모습에 감화 감동되어 지금껏 그 마음에서 빠져나오지 않고 있음이다.

배달 주문이 많아지자 아내가 직접 배달에 나섰다. 그때부터 나는 피자를 만드느라 주방에 붙어 있어야만 했으니 어쩔 수 없이 배달은 아내 몫이 되었던 것이다.

오토바이를 타고 배달하는 여자는 아마도 내 아내가 처음이었을 것이라고 믿고 있다. 그 시절엔 정말로 아내에게 미안한 마음이었지만, 지금은 아내가 자랑스러우니 내 생각의 전환은 계속 진화되고 있다는 증거일 것이다.

나의 하루는 새벽에 일어나 세탁기를 돌리는 일로 시작한다. 20년이 넘도록 해온 이 일은 처음부터 아내와 같이 사업을 했기 때문에 시작됐다. 내가 집안일을 도와주지 않을 수 없었고 내 도움이 없이는 살림을 꾸려나갈 수 없는 형편에서 생긴 버릇인 것이다.

그 버릇은 이제 습관이 되어 일주일에 한 번은 대청소도 한다. 이 정도면 버릇치고는 꽤 괜찮은, 아니 최고의 습관이 아니겠는가. 세탁기가 돌아가는 동안에는 운동 삼아 훌라후프를 해왔다. 얼마나 열심히 돌렸는지 허리디스크가 왔다.

나의 무모함이 일상생활에 까지 미치게 된 경우로 결국 허리디스크 수술까지 받아야 했다.

무엇이든 끝을 봐야만 직성이 풀리는 성격 때문에 훌라후프에 승부수를 걸고 숫자 올리기에 열을 올리다 보니 처음에는 열 개도 못 돌리던 훌라후프를 100개, 200개 나중에는 1,000개에 이르렀다. 거기에 갖가지 자세로

묘기를 부리다 종내는 훌라후프로 인해 허리가 불편하게 되었으니 무엇이든 정도껏 해야 된다는 교훈을 얻었으니 완전히 손해 본 것은 아니라고 생각한다.

이제는 수술 후유증이 겁나기도 해서 나의 건강에 관한 한 무모한 도전 정신은 가능한 신중을 기하는 편이다.

몸 움직이는 일을 조심하다 보니 자연히 손에 책을 들게 되었다. 전화위복이라는 말이 이런 경우인 것 같다.

지금은 책 읽는 재미가 쏠쏠해서 독서삼매경에 빠질 때가 많다. 공부에 관심 없이 학교를 다닐 때는 몰랐던 새로운 사실을 알게 되니 그 재미가 쏠쏠하다. 돌이켜 보면 학창 시절 책과 공부를 멀리한 이유는 시켜서 하는 것이라는 생각 때문이 아니었나 싶다.

누가 시켜서 하는 일은 재미가 없기 마련이다. 지금은 누가 시키지 않아도 내 스스로 책을 찾아다니며 읽게 되고 또 책을 읽으며 내가 살아보지 못한 많은 인생들을 간접으로나마 경험을 한 다는 것은 큰 교훈으로 다가온다.

내 사업이 바쁘다 보니 남의 말에 귀 기울일 시간도 없었다. 그런 나에게 책은 많은 새로운 정보와 흥미로운 타인의 인생을 엿볼 수 있는 계기가 된 것이다.

내가 미처 알지 못한, 내가 미쳐 해 보지 못한 일들을 책을 통해 알아간다는 것은 너무나 효율적이고 알찬 시간 활용이다. 책 속에 길이 있음을 발견했으니 시간만 나면 책을 잡는 건 자연적인 현상이 아니겠는가.

세탁기를 돌려놓고 침대에 누워 책을 읽다보면 가끔 옆에서 잠들어 있는 아내의 모습을 간간이 들여다보게 된다. 그때마다 안쓰러운 생각에 얼굴을 쓰다듬어 주기도 하고 어깨를 주물러 주기도 한다. 가끔은 그동안 너무 많이 고생을 시킨 것 같아 미안한 생각에 눈시울이 시큰해 질 때도 있다. 그럴 때면 내 마음이 흐뭇해서 속으로 벙긋 웃는다. 나는 처복이 많은 놈이라고….

그 순간에 느끼는 감동이 내 마음에 가득해진다. 나는 그것이 행복이라는 걸 알고 있다. 아내와 함께 처음 시작했던 지하 호프집 구석의 작은 휴게실에서 첫 애를 가졌다. 우여곡절 끝에 가게 문도 닫아야했고 임신한 아내는 인형 눈을 붙이는 부업을 해야 했던 어려운 시절이었다. 그러던 중 어머니의 도움으로 작은 빌라로 이사를 가게 됐고 92년 그 집에서 첫 아들을 낳았다.

그런대로 피자 배달업이 자리를 잡아갔기 때문에 피자

배달하는 오토바이에 아들을 태워서 유치원도 보내고 초
등학교 저학년까지 등하교를 시키면서 무척 행복했다.

배달주문도 꾸준히 상승되는 것 같아서 이대로만 가
면 큰 무리 없이 아이들 교육도 시키고 좀 더 넓은 곳
으로 집도 이사할 수 있겠다는, 아주 소박한 꿈을 꾸면
서 지금보다 조금만 더 장사가 잘 됐으면 좋겠다는 바
람도 가졌다. 그것은 가족 구성원에 대한 책임감이 생겼
기 때문이었다.

어쩌면 그 책임감 때문에 조금은 욕심을 부렸는지도

길은 언제나 열려있다

모른다. 그러나 결코 무리한 욕심이 아니었는데 날 벼락을 맞게 된 것이다. 아니면 하늘이 무심했는가?

평생 잊지 못할 2000년 2월 10일, 오토바이 사고로 직원을 잃으면서 두 아들을 옆에서 지켜봐 줄 수 없게 되었다. 그 일 이후 아이들 얼굴은 잠들 때나 볼 수 있었지만 그 당시는 아이들에게 미안한 생각도 없을 정도로 가게에만 매달려 살았다. 15년 세월 동안 아이들 학교도 한 번 가보지 못했고 놀이동산 한 번 데려다주지 못했다. 그때를 생각하면 아이들이 대견하고 고맙다.

그래서 가끔 아이들을 볼 때면 애잔한 마음이 솟구칠 때도 있고, 간혹 좋은 일이 있으면 아이들 생각부터 난다. 그때마다 눈시울이 붉어진 까닭은 어려서 너무 고생을 시켰다는 미안함 때문일 것이다.

지금은 생활에 여유가 있지만 우리 네 식구는 아직도 한 방에서 잠을 잔다. 20살, 24살 두 아들과 같이 한 방에서 잔다고 하면 요즘 사람들은 이해하지 못할 것이다. 하지만 내가 어렸을 때는 너나 할 것 없이 가난하게 살아서 그렇게 사는 가정이 많았다.

신혼 때는 단칸방에 어렵게 살던 시절이라 어쩔 수 없었다 하더라도 그렇지 않아도 될 형편인 지금도 그렇게 사는 건 오로지 내가 좋아서이다.

그렇지만 절대 강제성이 있는 것은 아니다. 속마음들은 어떨지 모르겠지만 아직까지는 별 불만 없이 따라주기 때문에 모른 척하고 밀어붙이고 있는 것이다. 언젠가는 나의 이런 욕심이 무모하고 어리석었음을 깨닫고 한 방 얻어맞을 것이라는 각오는 하고 있다.

사실은 결혼생활 20여 년 동안 외박 한 번 하지 않았기에 아이들과 떨어져 자본 기억 이라곤 아이들이 수학여행을 떠날 때와 군 복무를 빼고는 거의 없는 것 같다. 이러다 아이들이 결혼하고 나면 어쩌나 하는 생각이 들 때면 벌써 가슴이 허전해진다.

사랑하는 아내와 아들 창호, 현호

길은 언제나 열려있다

어느 부모가 자식들 고생하는 모습을 보고 싶을까마는 예기치 못한 시련 잎에서는 별도리가 없었다. 한창 뛰어 놀 아이들이 작은 방에서 웅크리고 자고 있는 모습을 볼 때면 내 고향 삼마도의 너른 모래사장이 생각났다.

나는 부모님을 원망할 시간도 없이 눈만 뜨면 바다로 달려 나가서 하루 종일 친구들과 놀다가 배가 고파야만 집으로 돌아오곤 했다. 집에 가면 언제나 어머니를 볼 수 있었기 때문에 별 아쉬움이 없었던 것이다.

그런 의미에서 우리 아이들은 하루 종일 떨어져 있는 부모가 얼마나 그리웠을까, 얼마나 외로웠을까. 잠들어 있는 아이들 얼굴을 보면 늘 그런 생각이 머리에서 떠나질 않아서 나는 더욱 열심히 살았고 아이들도 우리 부부의 진심을 알아주었는지 두 아들은 모두 바르고 밝게 성장했다.

큰 아들 창호가 입대했을 때. 의정부 보충대에 입소시키고 돌아서는데 눈시울이 시큰했다. 종종 아들을 입소시키고 돌아온 사람들이 눈물이 나더라는 말을 들어왔기 때문에 나는 단단히 각오를 하고 갔다. 그런데 막상 아들이 입영소에서 등을 돌리는데 가슴이 먹먹하더니 눈물이 주르륵 흐르는 게 아닌가.

큰 아들은 어려서부터 동생을 잘 챙기는 맏이다운 모습을 보여서 늘 우직스럽지만 자상한 면도 있는 아들이었다. 동생이 초등학교와 중학교를 다닐 땐 동생을 챙겨 엄마를 대신해 학교에 등교를 시켰고 저녁에는 집에서 동생을 돌보며 말 상대도 해주는 등 부모의 역할을 대신해 준 고마운 아들이다.

두 아들이 서로 버팀목이 되어주어 의지하고 잘 성장해서 남들로부터 부러움을 사기도 했다. 고등학생이었던 작은 아들은 형이 입대를 하자 형과 떨어진 외로움에 학교생활을 적응하지 못하고 힘들었다고 한다. 형이 친구이자 아버지였다는 것을 형과 떨어져 있어보니 비로소 알게 되었다는 둘째 아이 말을 듣고 얼마나 미안했던지 그때의 솔직한 심정은 쥐구멍이라도 있으면 들어가고 싶은 심정이었다. 그런 둘째가 형 없이도 혼자 힘으로 잘 버텨주어 대견하고 자랑스러웠다.

두 아들은 나와는 다른 길로 가기를 우리 부부는 바랬다. 하지만 부모 마음대로 되는 자식 없다는 말이 실감나도록 우리 아이들은 내 뒤를 따르고 싶어 했다. 이제는 어쩔 수 없이 두 아들과 함께 내가 아직 마무리하지 못한 나의 길을 가고 있다.

큰 아들이 수능을 치르고 진로를 경영학에서 외식업으로 바꿔버렸다. 나는 그 일로 큰 아들과 6개월 동안 말을 하지 않았다. 그 이유는 내가 걸어온 길이 너무 힘들었기 때문에 내 자식만은 편한 길로 가기를 원했던 것이다.

가정적으로도 아이들과 함께할 수 없는 시간대에 일을 해야 하는 요식업의 특성을 너무나 잘 알고 있기 때문에 반대를 했던 것이다.

적어도 내 자식들까지 그런 환경에서 내 손자들을 키워야 한다는 생각이 나를 괴롭혀서 아들의 고집을 꺾어야겠다고 더욱 반대를 했었는데 그 아버지에 그 아들인지, 아들의 고집도 만만치가 않아 결국 내가 손을 들고 말았다.

내 생각은 아들이 공무원처럼 안정적인 삶을 살아가기를 원했다. 그래서 아직도 그런 것들이 마음에 걸리기 때문에 썩 내키지는 않지만 어쩌랴, 그 아들 역시 내 유전자를 닮아서인지 절대로 물러날 기색이 보이질 않으니 일이라도 열심히 가르칠 수밖에 다른 도리가 없는 것이다.

그래도 다행히 대학을 졸업하고 취직을 해서 대기업 식품코너를 맡아 잘 해 나가고 있다. 일을 제대로 배울 수 있는 좋은 기회인 것 같아서 한편으로는 은근히 기대도 된다.

비록 박봉이지만 밑바닥에서부터 경험을 쌓아야 한다는 생각으로 다니고 있는 큰 아들의 씩씩한 모습이 믿음 직스러워 가끔 내 입이 벌어지는 걸 보면, 나도 어쩔 수 없는 자식바보임을 부정할 수가 없다.

둘째 아들 현호는 어른스러웠던 큰 아들과는 어려서부터 성격이 조금 달랐다. 그 아이는 초등학교 때부터 창의적인 사고로 가게 이름을 짓는 데에도 한 몫을 했었

다. 더구나 광고 카피까지 많은 아이디어로 도움을 줬다.

피자가게 이름을 지을 때도 우리 형제 이름이 '창호', '현호'니까 '호야 푸드'라고 하자고 제안을 하기도 해서 웃었지만 속마음은 뿌듯했었다.

둘째는 아이디어 창출에 많은 기여를 하고자 애쓰는 것 같았다. 실제로 광고 카피를 '먹을 수 있는 피자, 믿을 수 있는 피자'로 하자고 해 광고에 도움을 주기도 했다.

그렇게 재기 발랄하던 둘째의 아이디어는 중학교를 입학하자마자 사라지고 얌전히 공부에 전념하는 것 같아서 일단은 안심이 되었다. 순조롭게 일반 고등학교로 진학을 해줘서 이제는 됐구나 싶었는데, 적성에 맞지 않는다며 요리전문학교로 전학을 하는 바람에 망연자실했던 순간도 있었다. 누구를 탓하랴, 피는 못 속인다는 옛 속담으로 위로를 할 수밖에 다른 방법이 없었다.

그런 둘째가 요리전문학교를 가더니 초등학교 시절에 보였던 아이디어가 다시 분출하여 새로운 아이디어를 기대하게 했다. 무엇이든 자기가 잘할 수 있는 일을 하는 게 최선의 방법임을 알게 되어 나로서는 천만다행이라는 생각이 들었다. 더구나 학교생활에 활기를 불어넣는 것 같아서 마음이 놓이기도 했다.

또한 학교 대표로 나간 전국요리대회에 참가해서 각종 상을 휩쓰는 것을 보면서, 어이없게도 둘째의 재능이 아무래도 내 유전자를 이어받은 것 같다고 자화자찬을 하면서 기뻐했었다.

나는 아들의 재능을 인정해 주었다. 요리 특기를 살려 전주에 있는 대학에 입학을 시켰고 그곳 대학에서 많은 재능을 인정받고 졸업해서 지금은 내가 하는 직영점에서 관리자로 일하고 있다.

두 아들은 우리 부부가 이혼하지 않고 사는 게 행복했다고 한다. 부모님이 자랑스럽다는 말을 할 정도로 아이들은 우리 부부를 따른다.

"아빠가 바빠서 같이 놀아주지는 않았지만 아빠는 우리에게 항상 최고였어요."

"열심히 일 하시는 아빠의 모습이 좋았고 자랑스러웠어요."

아이들의 말은 나에게 큰 힘이 되었다. 나는 내 일에 보람을 느꼈고 감사했다. 행복이란 바로 그런 순간들이라는 걸 나는 이미 오래전에 깨닫고 있었기 때문에 아이들을 감싸주고 껴안았다.

"아빠, 우리 친구들 중에는 이혼한 부모님들이 몇 있어요. 그 중에는 부모님의 이혼으로 고민하고 괴로워서 많이 우울해하는 아이도 있어요. 그 아이들도 대부분 부모님들이 맞벌이를 하시거든요."

나는 내 아이들 말을 들으면서 가슴이 턱 막혔다. 그런 친구들을 보면서 얼마나 마음을 졸였을까 하는 생각을 하니 아이들에게 내가 죄인 같은 생각이 들었다.

공부도 잘하고 바르게 잘 자라던 아이들이 부모의 이혼으로 방황하고 슬픔에 젖는 일이 생긴다는 건 상상만 해도 괴롭고 슬픈 일이었다.

사춘기 청소년기에 많은 갈등을 겪고 있는 친구들을 보면서 가슴 아파하는 우리 아이들 마음을 다독거려 주기 위해서도 나는 더 좋은 피자를 만들어야겠다고 새로운 각오를 또 다짐한다.

맛있고 영양가 있는 음식, 우리 아이들이 먹어서 좋은 피자, 건강식품을 만드는 게 꿈이라는 내 말에 아이들이 환하게 웃었다. 그리고 작은 아들이 덧붙여 다짐이라도 하듯 한마디 더 들려줬다.

"그 친구들이 우리 부모님이 이혼하지 않고 잘 사시는 모습이 부럽다고 했어. 그 얘기 듣고는 부모님에게 더 고마움을 느꼈던 거야."

아들의 말은 절대 '이혼하면 안 된다'는 경고로 들린다.

길은 언제나 열려있다

15년만의 귀향

지금 당신이 무엇을 가지지 못했는가가 아니라
당신이 가지고 있는 것으로
무엇을 할 수 있을 지를 생각하라.
– 어네스트 헤밍웨이

한참 일에 열중하던 시절엔 차라도 한 대 사고 난 후
에야 고향을 방문하겠다는 마음으로 15년 동안 고향을
찾지 않았다. 그러던 2003년 드디어 내 차를 구입했다.
새 차도 아닌 처남한테 인수한 중고 티코가 바로 내
첫 차였던 것이다. 비록 중고차에 폼 나는 대형차도 아
닌 작은 차였지만 그 티코를 타고 고향을 방문했을 때의
감회는 잊을 수 없다. 내가 태어나고 자란 내 유년의 바

다가 나를 반겨주었다.

나와 함께 놀아주고 나를 어루만져주고 나를 보듬어
주던 안식처였으며 마음껏 뛰어놀고 마음껏 어리광을 부
릴 수 있는 요람과도 같은 바다가 여전히 나를 기다리고
있었다는 사실에 마음이 벅찼다. 고향이란 바로 이런 곳
이구나, 하는 감회에 가슴이 울컥하면서 목이 메어 나는
그 자리에 한동안 넋을 놓고 바다만 바라보고 있었다.

친구들과 어울려 놀다 보면 해 지는 줄도 모르던 바닷
가. 나는 구두를 벗고 모래알을 밟아봤다. 발바닥에서
잘그락 대기도 하고 너무 부드럽게 느껴져서 감미롭기만
했던 그 모래의 감촉은 느껴지지 않았다. 하긴 그동안
얼마를 걸어왔는데 그 때의 그 여린 발바닥이 그대로 있
겠느냐 싶어 발바닥을 모래에 비벼대는데 자꾸만 실실
웃음이 나왔다.

유년에서 소년으로 성장하면서 바다는 막연한 그리움
이 되어갔었다. 저 바다를 건너고 싶다는 바람과 저 바
다 건너에는 무엇이 있는지에 대한 호기심이 바다를 더
높은 곳에서 바라보게 되었다.

소나무 위에 올라가 바다를 바라보고 앉아 있으면 바
람이 내 몸을 실어갈 것 같아서 자꾸만 바람을 향해 몸

길은 언제나 열려있다

을 돌렸다. 그런 바닷바람은 내게 육지에 대한 꿈을 실어다 안겨주었다.

바쁘게 그물을 손질하는 어부들과 김과 미역을 따고 말리는 아주머니들의 손길을 보면서 저 많은 것들이 육지로 간다는 어른들의 말은 내게 의미심장하게 다가왔고 내 꿈은 고무풍선처럼 바닷바람에 점점 커져가기 시작했었다. 그런 바다가 나를 반겨주는 것 같아 감회가 새로웠다.

"이게 누군가?"

마침 나를 알아보는 고향 분을 만나지 않았다면 나는 하염없이 어린 시절을 회상하느라 시간 가는 줄도 모르고 그 바다 앞에 마냥 서 있었을 것이다.

바다를 등지고 마을로 들어가는 내 발길은 가벼웠다. 하나의 꿈을 이루고 고향을 방문했다는 생각에 자부심이 차올라 참으로 뿌듯했다. 외삼촌과 같이 서울에 올라와 꿈을 만들어 나갔지만 외삼촌은 꿈을 포기하고 먼저 고향에 내려와 계셨던 터라 더 비교가 되었던 같다. 그래서 기쁨은 더 컸고 또다시 어려웠던 시절이 주마등처럼 지나갔다.

20년을 오토바이와 함께 살다보니 자잘한 사고로 넘어

지고 뒤집어지고, 온몸이 성한 곳 보다는 깨지고 멍든 상처로 다친 흔적들이 더 많았다.

그때마다 내 몸이 다치고 아픈 것보다 아내에게 혼나는 것이 더 두려웠다. 아내는 그렇게 조심성이 없어서 어떻게 하냐며 다친 나를 보고 우선 화부터 냈다.

"배달이 늦어지면 고객에게 신용이 떨어지잖아요. 그럼 어떻게 되는지 알아요?"

아내의 볼멘소리가 야속하기도 했지만 맞는 말이기 때문에 아프다는 소리도 못했다.

"알았어."

무릎에 피가 뚝뚝 흐르는 데도 나는 아내의 말이 스프링이라도 된 듯 풀쩍 일어나 오토바이에 다시 올라앉아 쏜살같이 달렸다. 그때의 우리 부부에겐 오직 고객이 최우선이었고 장사하나만을 보고 살았던, 어쩌면 순진했던 시절이었다.

오직 고객만을 위해 살았던 그 시절이 있었기에 차도 살 수 있었고 고향도 찾아올 수 있었다.

나는 그렇게 잠시 지난 시절의 생각에 빠져 있다가 누군가의 부름에 뒤를 돌아봤다. 어려서 함께 놀던 유년의 친구가 나를 반기고 있었다.

길은 언제나 열려있다

나는 한달음에 그 친구에게 갔고 그 길로 우리는 또 다른 친구를 찾아갔다. 나의 귀향은 우리들을 한동안 유년으로 돌아가게 만들어서 그 시절처럼 웃고 즐겼다.

그러다 누가 먼저랄 것도 없이 우리가 다녔던 학교 운동장으로 향했다. 학교는 3년 전, 2000년도에 이미 폐교되었다고 했다. 운동장 북서쪽에 자리 잡은 교실은 창문과 문이 다 떨어져나가고 없었다. 그 옆에 '화산초등학교 상마분교장'이라는 연혁비만 세워져 있었다.

"어쩌다 학교가 이렇게 되었지?"

"어떻게 되긴, 한 학급에 2명 남았는데, 학교운영이 되겠냐? 학교가 폐교할 수밖에 없었다. 19회 졸업생 92명을 배출하고 학교 문을 닫을 수밖에 없었다고 들었다."

"하긴, 섬에 남아있다가는 자식들 공부는 글러버리겠다고 모두들 섬을 떠나니 어쩔 도리가 없지. 광주나 목포 등지로 유학을 보내려면 두 집 살림을 해야 하니, 그 핑계로 섬을 떠나는 거다."

"이유야 많지. 섬에서 먹고살게 있어야 버티지. 먹고 살려면 육지로 갈 수밖에 없잖아. 나야 부모님이 이곳에 뿌리를 내리셨으니 받아들일 수밖에… 다른 돈벌이도 없고, 정길이 너처럼 뱃장도 없으니…."

191

친구는 내 어깨를 툭 쳤다. 옆에 있던 다른 친구가 너는 좋겠다고 웃었다.

"넌 이제 성공했네. 자가용도 타고 오고…."

나는 괜히 오금이 저렸다. 친구들의 진정한 축하의 말이 왠지 낯간지럽고 부끄러워서 얼굴이 화끈거려 눈길을 하늘로 뒀다.

고향이라고 와 봤지만 답답한 건 옛날이나 달라진 게 없었다. 겨우 삼마도의 초등교육을 담당했던 초등학교마저 폐교가 돼 버렸으니 이곳 섬에서 무엇을 배우고 무엇을 꿈꿀 것인가. 그러니 모두들 섬을 떠나는 것이다.

이대로 가다간 종국엔 무인도가 되지 않을는지 걱정이 됐다. 그렇게 되면 찾아갈 고향도 없어진 거나 마찬가지가 아닌가. 아무도 없는 섬에 찾아와 무엇을 보고 들을 수 있단 말인가. 나는 괜히 심드렁해지고 마음이 착잡했다. 섬놈이라고 자랑했던 내 존재가 너무 초라해지는 것 같아 이곳을 빨리 벗어나고 싶었다.

길은 언제나 열려있다

산하나 넘으면
가맹점이 하나 생긴다

혁신은 1,000번 "아니오"라고
말하는 것에서 시작된다.

— 스티브 잡스

매일 아침 동네 산을 오르면서 습관처럼 "할 수 있다"
는 말을 되뇌며 마인드 컨트롤을 한다. 정상을 밟아야
등산을 했다는 느낌이 들기도 했지만 산을 하나 오르면
그때마다 가맹점 하나가 더 생겨나는 현상이 일어나 나
도 멈출 수가 없었다. 또한 말이 씨가 되기를 바라는 마
음도 없지 않았다.

산에 오를 때마다 '정상에 가고자 하는 의지가 있는

사람만이 정상에 오를 수 있다'라는 생각을 한다. 그 이유는 프랜차이즈 사업의 책임이 나에게서 끝나는 것이 아니기 때문이다.

자본금 100만 원에서 시작한 사업이었다. 2015년 10월을 기준으로 뽕뜨락 가맹점 수는 319개이고 매출액은 200억을 달성했다. 현재 피자 프랜차이즈 업체 수는 100여 곳에 달한다. 피자시장은 5년 전에 비해 2배 이상 커져 총 시장규모가 2조 원대로 보고 있다.

지난 2015년에 뽕뜨락 피자 해외 1호점을 중국에서 오픈했다. 중국점 오픈식 때 태극기를 다는 순간 소름이 돋았다. 비로소 내가 애국자가 된 느낌이 들었다.

길은 언제나 열려있다

나는 지금 점주들과 상생하는 기업의 표본으로 맥도널드를 롤모델로 삼고 이제 시작이라는 마음으로 하루를 시작한다. 양평에 부설연구소를 세워 웰빙푸드로 뽕뜨락 피자가 전 세계인의 입맛을 사로잡을 수 있도록 아낌없는 투자를 할 것이고 진정성을 가진 '착한 프랜차이즈'로 승부할 것이다. 올해의 성적에 만족하지 않고 내년을 300억의 목표로 나아가고 있다.

뽕뜨락 쌀피자의 가장 큰 특징은 특허 받은 웰빙 도우에 있다. 카페인이 없고 성인병 예방에 효능이 있는 뽕잎과 우리 쌀, 해바라기씨 등을 이용해 3~4도 저온에서 48시간 숙성시켜 도우를 만든다.

뽕잎에 들어 있는 루틴 성분은 다이어트에 도움이 되고 해바라기 씨와 호밀, 대두 등은 아이들 두뇌 개발에 좋다.

여기에 과일의 황제라 불리는 뽕나무 열매 오디와 우리 쌀을 이용해 부드럽고 쫄깃한 맛의 오디 쌀도우를 추가하고, 100% 순 자연산 천연치즈를 사용하는 등 보다 안전한 먹거리를 만들어 고객들에게 직접 제공하는 데 중점을 두고 있다.

더 확실한 경쟁력을 위해 저렴한 가격 서비스도 최대한 노력하고 있다. 라지 사이즈 피자 한 판 가격이 6000원~1만원 수준이라면 고객의 입장에서는 부담 없이 먹고 즐길 수 있는 웰빙푸드가 아니겠는가.

우리 피자에 비해 패스트푸드 식품은 염분이 많고 자극적이어서 짜게 먹는 습관을 갖게 한다. 짠맛의 기호는 대략 3~5세의 유아기에 형성된다. 이 때 짜게 먹는 습관을 들이면 싱거운 음식은 맛을 느끼지 못할 수가 있다.

왜냐하면 자극성이 없어서 맛을 느끼지 못하니 먹는 것 같지가 않기 때문이다. 이런 식습관은 성인이 되어서도 저자극성 음식보다는 짜고 매운 자극성 음식을 선호하게 되어있다.

이미 많은 매스컴이나 인터넷을 통해 소개되고 있는

성인병의 원인이 자극성 음식에서 발생한다는 사실을 모르는 사람이 없을 정도로 다 아는 사실인데도 자극성 음식에 익숙해져 있기 때문에 어쩔 수 없이 먹게 된다. 마치 술 담배를 끊지 못하는 것과 다를 바가 없는 것이다.

그리고 우리 청소년들이 선호하는 패스트푸드는 동물성단백질과 지방이 너무 많은 반면 비타민이나 무기질이 부족하기 때문에 신체발육에 가장 중요한 영양에 불균형을 초래한다.

더구나 인스턴트식품의 가장 큰 문제점은 식품첨가물이라는 부분이다. 아무리 식용이라 한들 식품첨가물이 오랫동안 체내에 축적되게 되면 유해하다. 그 사실을 대부분의 사람들은 알고 있으면서도 중독성 때문에 끊지를 못한다고 한다.

그리고 더 중요한 사실은 식자재 중 설탕의 적당한 섭취는 에너지 공급원으로 필요하다. 하지만 에너지원으로 이용되고 남은 당분과 탄수화물은 지방으로 전환되기 때문에 비만의 원인이 될 수 있다.

특히 요즘에 들어 의학전문지 보고에 의하면 유아 비만이 늘고 있다고 한다. 이는 심각한 문제로 우리에게 경각심을 불러일으키는 데도 속수무책이다.

비만은 유아기 성장에서 주의해야 될 중요한 부분이다. 유아기 비만이 어른으로 성장한 후에도 성인 비만증과 관련이 있기 때문에 주의를 요하는 것이다.

단맛에 한 번 길들여지면 그 맛에서 벗어나기가 어렵다고 한다. 단맛은 부드럽고 달콤해서 순간의 행복감을 준다. 특히 아이들에게는 즐거움과 만족감을 주기 때문에 금방 길들여지고 만다.

그러나 이런 단맛이 몸 안에 오랫동안 축적되면 성격이 예민해지고 나약해진다는 연구보고도 있다. 미래의 우리 꿈나무들이 단맛에 길들여져 나약해서 용기를 잃게 되면 인내심과 끈기를 모르는 조급한 성격으로 전락하고 만다.

당연한 말이겠지만 나는 내 아이들에게 인스턴트식품을 권하지 않는다. 그렇기 때문에 내가 더 좋은 먹거리를 만들고 싶다. 인스턴트 패스트푸드가 간단하고 편리한 점이 있는 것만은 사실이다. 즉석 코너에서 돈만 주면 그 즉시 해결되는 장점과 음식을 먹는 시간 역시 단순하기 때문이다. 하지만 음식이란 눈앞에 두고 음미하면서 즐겨야 한다는 생각이 나의 철학이다. 어려서 부모님이 만들어 주시는 음식을 나이 들어서 그리워하고 그

맛을 찾아 음식점을 돌아다니는 사람들을 볼 수 있다.

나 역시 어머니가 만들어 주신 칼국수를 잊지 못한다. 가끔 입맛이 없을 때면 아련히 칼국수가 떠오르고 뒤따라 어머니 얼굴이 따라온다.

음식이란 맛도 중요하지만 보고 즐길 수 있어야 한다. 돈만 주면 금방 해결되는 먹거리, 물만 부으면 식품이 되어 나오는 먹거리. 어떻게 보면 실용적이고 합리적인 음식들이다. 바쁜 시간을 쪼개 쓰는 현대인들에게 가장 좋은 먹거리일 수도 있다. 하지만 음식이란 만드는 사람의 마음이 담아있어야 한다. 그래야 그 음식 앞에서 감사를 표할 수 있다. 더구나 패스트푸드, 인스턴트식품의 위생처리 문제도 무시할 수는 없다.

시중에서 판매되고 있는 인스턴트, 패스트푸드 식품은 종류가 엄청난 데 비해 그에 따른 정확한 영양분석이나 처리과정이 공개되지 않고 있다. 물론 재료나 가공방법 등이 업체의 노하우로 되어 있어 공개되지 않고 있는 실정이다. 그 때문에 소비자의 입장에선 선별할 수 있는 방법이 애매모호할 수밖에 없다는 것이다.

199

맺는 말

요즘 유행되고 있는 '금 수저 흙 수저' 이야기를 듣고 어이가 없었다. 유행에는 여러 가지가 있기 마련이다. 우리가 사용하는 물건들, 대부분의 옷가지나 기호품들의 유행은 대중매체를 통해 전달된다. 요즘은 영화나 드라마보다 더 빠른 인터넷이 있어서 소문은 순식간에 천파만파로 퍼져나가기 때문에 시작이 잘못된 경우는 사회에 큰 파장을 일으킨다.

길은 언제나 열려있다

'금 수저 흙 수저'도 그런 파장으로 치달리는 것 같아
서 마음이 무겁다.

언젠가 한때 '상대적 빈곤'이란 말이 유행했던 시절이
있었다. 유행이란 돌고 돈다는 말이 있는 걸 보면 '금 수
저, 흙 수저' 역시 또 다른 신조어에 불과할 뿐이다. 하
지만 이런 유행어를 받아들이는 우리의 젊은이들이 부지
기수라는 데에 문제의 심각성이 있다.

자신이 처한 상황을 비관하면서 부모를 원망하고 부모
를 미워한다. 자신의 문제를 부모 탓으로 돌린다. 원망
은 불평을 낳고 그 불평 때문에 현실을 극복해 내지 못
한다. 모든 게 내 탓은 없고 다른 사람도 아닌 내 부모
탓이라는 생각으로 그 중요한 시간을 다 허비해 버릴까
봐 안타깝다.

물론 혼자서 뭔가를 이뤄낸다는 것은 힘들고 어렵다.
그래도 참고 견디면서 자신의 힘으로 꿈을 향해 도전해
본다면 그 과정에서 얻어진 삶의 본질을 깨닫게 될 것이다.

그 깨달음은 반드시 좋은 결과를 가져다준다. 솔직히
나 역시 그 깨달음이 없었다면 여기까지 오지 못했다.

또한 내가 태어나지 못했다면 내 이름 석 자가 존재할

수 있었을까, 부모님의 고마움을 모른다면 자신의 존재 가치를 모른다는 이야기가 된다.

언젠가 잡지에서 본 글인데 미국의 여자 앵커 오프라 윈프리가 한 말이 어찌나 내 가슴을 울렸는지, 아직도 마음에 담아두고 있다. '세상에서 부모가 되는 일보다 더 중요한 직업은 없다'라는 말인데 자식을 가져보지 못했다면 그녀의 말을 이해하지 못했을 것이다. 세상에 어느 부모가 자식이 고생하는 걸 바라겠는가. 주어진 현실이 각박하다 보면 부모는 자식 앞에 죄인이 된다. 그 죄가 가난이라고 심판대에 세운다면 할 말이 있겠는가. 부모 입장으로는 묵비권을 행사할 수밖에 없다.

일부 몰지각한 사람들이 지어낸 '금 수저 흙 수저' 같은 신조어가 내 부모님을 욕보이는 말임을 안다면 그렇게 쉽게 받아들이지는 않으리라. 마치 모든 사람들이 부모님의 가난을 비난하듯, 아니 하나의 우스갯소리처럼 받아들이는 사회풍조에 개탄하지 않을 수 없다.

가난은 나라님도 해결할 수 없다는 말도 있다. 어떻게 부모님의 가난을 흙 수저에 비유하고, 죄인처럼 몰아간단 말인가….

언어도단이며 어불성설이다. 내가 이처럼 흥분하는 것은 너무나 어처구니없는 말이기도 하지만 나도 내 자식 앞에선 부모고, 내 부모 앞에선 자식이기 때문이다.

그렇다면 어렵게 들어 간 대학을 졸업하고 직업을 구하지 못하고 있는 자식은 죄인인가? 부모는 그렇게 생각하지 않는다. 부모님의 헌신적인 노력을 모르는 바 아닌 자식의 입장에서 생각하면 취직만이 부모에게 효도요, 은혜를 갚는 길이라고 생각할 수도 있다.

하지만 대학을 못 다닌 청년들의 심중은 어떨지 생각해 봤는가. 반드시 대기업만 고집하는 젊은이들을 보면 딱한 생각이 든다. 어느 누구든 자기가 할 수 있는 자기의 그릇이 있다고 생각한다.

나는 대학에 진학하지 못한 것을 한 번도 후회나 억울하다는 생각을 해 본 적이 없다. 내 스스로 내 길을 개척했기 때문에 누구를 원망할 필요도 없고 누구에게 의지하고 싶은 생각도 없었다. 그렇기 때문에 취직을 못해 자살하는 이유를 부모에게 돌리는 사회풍토에 경악하지 않을 수 없는 것이다.

금 수저, 흙 수저 이야기가 그저 사회통념상 하나의

은유라고 보기에는 너무 비약이 심하다는 생각이 든다. 태어날 때의 부모의 환경이나 능력을 물질에다만 비유하는 현 사회 풍속도를 절대 사실이고 절대 진리인양 받아들이는 대중매체에도 문제가 있다. 그냥 웃어넘길 일이 아닌데도 이런 유행어에 맞장구를 치면서 받아들이고 퍼트리기 때문이다. 어느 부모가 자기 자식에게 금 수저가 아닌 흙 수저를 물려주고 싶겠는가. 물론 자본주의 사회에서 부익부 빈익빈이 없을 수는 없다. 하지만 '금 수저 흙 수저' 이야기는 너무 황당해서 도대체 이 사회가 어디로 가고 있는지 생각만 해도 눈앞이 캄캄하다.

이렇게 펄쩍 뛰는 나 역시 부모님께 효도하면서 살지를 못했다. 어쩌면 자격지심에서 더욱 요란을 떠는지도 모른다. 하지만 적어도 나는 부모님을 원망해 본 적은 없다. 아직 살아갈 날이 많으니 남은 생 동안에는 어머님께 진심으로 효도를 하고 싶다.

사람이 일평생 살다보면 좋은 일, 궂은 일 가려가며 살겠는가? 어느 날 문득 하늘을 가린 먹구름을 보면서 저 구름 역시 그때마다 내게 필요하므로 허락된 것이 아닐까, 라는 생각이 들었다. 하늘을 가린 햇빛 역시 마찬가지라는 생각에 이르자 마음이 편안해지고 풍요로워졌다. 그

길은 언제나 열려있다

동안 살면서 산전수전 다 겪다 보니 도가 튼 게 아닌가 싶어 혼자 웃고 말았지만, 그 뒤로부터 나의 마음에 변화가 왔다는 것이다. 나는 분명 햇빛 하늘을 원했는데 구름밖에 없다. 아니 구름을 원했는데 햇빛밖에 볼 수가 없다. 문득 '세상 이치가 바로 그런 것이구나' 라는 깨달음을 얻었다고나 할까. 흔한 말로 좋은 게 좋다는 말이 이런 때 쓰는 말인지는 모르겠다. 하지만 어느 것이 되던 결국은 내게 좋은 것으로 받아들이면 된다는 생각? 믿음 같은 여유로움이 생긴 것 같았다. 어쩌면 아마 그때부터 나의 사업이 고속행진을 하지 않았나 싶다.

나는 아직 종교를 갖지 않았다. 하지만 창조주의 섭리는 어렴풋이 깨닫게 되면서 자연의 섭리를 받아들인다. 모든 삶의 있어 사건이나 사물을 받아들이는 것은 어차피 개인화될 수밖에 없다.

오늘처럼 바람이 부는 날을 어떤 사람은 마음의 근심을 부채질하는 것 같아 더 심란해질 것이고, 어떤 사람에겐 신바람 나는 희망의 깃발일 수도 있기 때문이다.

며칠 전 봄비가 내리더니 오늘은 햇빛이 온누리를 비추듯 하늘이 푸르다 못해 맑은 호수 같다. 365일 매일이 다르듯 모든 사람의 삶 또한 다르다. 일관성 없는 저마

피자에 미친 한 남자, 도우맨 *DOUGH MAN*

다의 행태가 다르고 저마다 때에 따라, 저마다 생각도 다르기 때문이다. 나 역시 내 삶의 발자취를 되짚어 본 다면 결코 쉬운 길만은 아니었다. 하지만 정직을 원칙으로 하고 선정을 베풀고 나면 내 마음이 편하다. 아마도 창조주 역시 모든 좋은 것들을 만들면서 나쁜 것도 함께 만들었던 것 같다.

아마도 불의가 정의를 더욱 빛나게 하는 것처럼 참 좋은 것을 알려주기 위해 더 나쁜 일을 경험해 보도록 길을 열어준 것 같았다. 그래서 나는 좋은 일을 위해 좋은 생각 좋은 일만 하면서 살아보겠다고 노력하는 중이다.

요즘은 백세 시대라고 하니 나는 이제 겨우 중반을 넘어섰다고 호기 좋게 큰소리를 치면서 산다. 그만큼 할 일이 많다는 생각일 것이다.

내 꿈은 이제부터 시작이다. 꿈을 이뤘으니 그 꿈을 펼쳐 보이고 싶은 게 나의 소망이다. 길은 언제나 열려 있다. 그 길을 개척해 나가는 것은 우리 모두의 몫이라는 생각이다. 길은 얼마든지 열려 있기 때문이다.

이 글을 끝내면서 나는 젊은이들에게 꼭 해 주고 싶은 말이 있다.

길은 언제나 열려있다

"꿈은 저절로 이뤄지지 않는다. 꿈길을 열고 들어가는 자만이 그 길을 걸을 수 있다. 혹시라도 아직 꿈을 꾸지 않는 자가 있다면 반드시 꿈을 가져라. 꿈을 꾸지 않는 자는 길이 보이지 않기 때문이다. 길은 얼마든지 열려있다."

뿡뜨락 피자 대표
명정길 자전에세이

DOUGH MAN
피자에 미친 한 남자, 도우맨

초판 인쇄 _ 2016년 4월 30일
초판 발행 _ 2016년 5월 6일
지은이 _ 명정길
펴낸이 _ 노승택
책임편집 _ 안혜숙
편집/표지 디자인 _ 임정호
기 획 _ (주)디노베이션
펴낸곳 _ 도서출판 다트앤

등록 _ 1998년 9월 15일
등록번호 _ 제22-1421호
서울시 영등포구 선유로 274(양평동 4가 280-18) 지하 1층
tel 02.582.3696
fax 02.3672.1944
이메일 HWASEO582@HANMAIL.NET

값 12,000 원
ISBN 978 89 6070 599 9